这世界，
我只
喜欢你

一抹寒烟
—— 著

中国华侨出版社

图书在版编目（CIP）数据

这世界，我只喜欢你 / 一抹寒烟著. —北京：中国华侨出版社，2015.10
ISBN 978-7-5113-5703-8

Ⅰ. ①这… Ⅱ. ①一… Ⅲ. ①散文集—中国—当代 Ⅳ. ①I267

中国版本图书馆 CIP 数据核字（2015）第 238008 号

这世界，我只喜欢你

著　　者 /	一抹寒烟
策划编辑 /	周耿茜
责任编辑 /	嘉　嘉
责任校对 /	高晓华
封面设计 /	刘红刚
经　　销 /	新华书店
开　　本 /	880 毫米 ×1230 毫米　1/32　印张 /9　字数 /165 千字
印　　刷 /	北京中印联印务有限公司
版　　次 /	2015 年 11 月第 1 版　2015 年 11 月第 1 次印刷
书　　号 /	ISBN 978-7-5113-5703-8
定　　价 /	28.80 元

中国华侨出版社　北京市朝阳区静安里 26 号通成达大厦 3 层　邮编：100028
法律顾问：陈鹰律师事务所
编辑部：(010) 64443056　64443979
发行部：(010) 64443051　传真：(010) 64439708
网　　址：www.oveaschin.com
E-mail：oveaschin@sina.com

《这世界，我只喜欢你》序

错过的重逢在文字入眼的瞬间心动，往事在记忆的废墟绽开生命之花。走过的旅途和青春的回忆相互交集，生活有多少笑就有多少眼泪，而在苍凉的背后我听到生命拔节的声音。

从茫茫戈壁到天涯海角，如果失去是一种心痛，那么得到的又是怎样的惊喜？在回忆的柔软中寻找生活的亮点，一米阳光的璀璨、照亮黑暗的行程。

在这本书里，痴情的话语铮铮有声，倘

若文字是一种情绪，我们在这样的情绪中发现身边静静流淌的岁月：它给人沉思，在某个时间段看到自己地影子，在贴近的灵魂里一起伴行。

阅读是一种心灵的共鸣，这些印在纸上的文字让我看到黄沙漫天，也在午夜梦回时让我听到远去的驼铃。用文字温暖一段淡淡的薄凉。

这世界，我只喜欢你，这没有色彩的话语带着生命的震撼洞穿某种伪装的坚强。城市的停留，荒漠的跋涉，甚至在一株花开的树下细腻和温情就是最好的执守，澄澈的眼神在回眸时盈满生命的空隙。

其实，人的一生陪伴最多的就是回忆，它无处不在，有多少回眸就有多少告别。从春到秋的凋零，太多经历都是没有结局的故事。三千弱水总有一瓢知冷暖，不再辜负相爱的本意。

我愿用十年青春去读一篇来自一抹寒烟的篇章，聆听这份心灵的告白。在偌大的世界寻找内心的真情，陪你走进异乡的梦中，踏过尘世间所有的坎坷……

畅销书作家，知名编剧
十年

目录
Contents

第一卷　这世界，我只喜欢你 / 001

第 一 章　那一季花开，路过你的城 / 002

第 二 章　蜕变在月光的清风下 / 006

第 三 章　浅遇，深藏 / 010

第 四 章　十八岁的那年后来的你 / 014

第 五 章　记忆的空港 / 018

第 六 章　少年莫唱白头吟 / 022

第 七 章　总有一个地方，有人等你 / 027

第 八 章　春天是四季唯一的路 / 032

第 九 章　春未老，何处缱 / 035

第 十 章　端午，包一个清凉的夏 / 038

第十一章　桃花依旧笑春风 / 042

第十二章　翻阅的记忆 / 046

第十三章　风送金波，梅熟雨中黄 / 050

第十四章　过了春天不是秋 / 054

第十五章　花莲的东边，是海 / 058

第十六章　开一坛文字酿，醉一场樱花三月 / 062

第十七章　立夏，拥喜的时光 / 065

第二卷　明月满妆照西楼 / 069

第 一 章　明月满妆照西楼 / 070

第 二 章　棋语 / 075

第 三 章　青衣共舞、素指十年 / 079

第 四 章　轻舟随流水，浓荫遮白头 / 083

第 五 章　日光倾城 / 087

第 六 章　三年日月浓似酒 / 091

第 七 章　贴近的灵魂 / 095

第 八 章　君淡如菊 / 099

第 九 章　夏夜，独行 / 104

第 十 章　一地杨花柳絮飞 / 109

第十一章　缀千尘，枉负竹马误青梅 / 113

第十二章　醉里挑灯看剑 / 117

第十三章 这世界，我只喜欢你 / 121

第十四章 海之恋 / 125

第十五章 知夏 / 129

第三卷 风碎，雪意江南 / 135

第 一 章 夏至，长风弯月流云卷 / 136

第 二 章 杏花春雨寒 / 141

第 三 章 瘦尽灯花又一宵 / 146

第 四 章 一辈子孤单 / 150

第 五 章 开往春天的列车 / 153

第 六 章 江南月，清夜满西楼 / 159

第 七 章 从八月到九月 / 162

第 八 章 沈园秋媚 / 166

第 九 章 莲花簪 / 169

第 十 章 风碎，雪意江南 / 173

第十一章 朝朝暮，羞眉如黛 / 177

第十二章　不说，也不忘 / 181

第十三章　冰火两重天 / 185

第十四章　一天一年，一生一世 / 189

第十五章　冬至，新年 / 193

第十六章　思念是一株断肠草 / 198

第四卷　爱已成书 / 203

第 一 章　盈盈一水间 / 204

第 二 章　云中谁寄锦书来 / 208

第 三 章　梦里承德 / 211

第 四 章　爱已成书 / 217

第 五 章　一步到夏 / 221

第 六 章　红尘错，许你一世欢颜 / 225

第 七 章　梨花满地不开门 / 229

第 八 章　一个人，一座城 / 233

第 九 章　去海的那边 / 237

第 十 章　与影子做伴 / 242

第十一章　那年，那月光 / 247

第十二章　薄秋之阳 / 253

第十三章　春色浓似酒，归期信如潮 / 258

第十四章　柳绵吹欲碎，冷雨葬名花 / 261

第十五章　茶杯 / 265

第十六章　海恋 / 269

第十七章　在水之湄 / 273

第一卷
这世界，我只喜欢你

第一章

那一季花开，路过你的城

关于你，关于后来失散的记忆都停留在边城的岁月里了，从阿克苏回来后，时间转眼间已经过去十几年。

一直在隐晦地写着内心让人寻不到源头的故事，也让朋友在文字的情节中多了些猜测，当一切尘埃落定，思念理顺的脉络就此分明。原来欲盖弥彰只是掩耳盗铃，走过的季节和经受的苦难激励着后来的生活。在琐碎的生活中感受苦难与幸福，所有的纠葛已经放下。夏天结束后，也意味着告别多年来一直虚无的梦。而内心无法割舍的牵绊都藕断丝连，在午夜时候的一次回首，那些往事还有零距离的触碰。

这个秋天，终于正视关于记忆里那几个月在西北发生的一切，一些杂乱无章的诉说被真情指控，每次动笔时候的犹豫不决都是欲语还休的遮掩。从来没有想到故乡湖边你青春的身影会被遗忘，只把离去后缄默的怀念藏在心房，湖边草庐里的醉酒一盏把你从记忆深处拉扯出来，重温彼此说下的地老天荒。八月的荷已经失去盎然的生机，黄色的蕊在凋零的花瓣迎风、恰似你少年的发色，后来长大的岁月你真的如脱落的莲子，远走他乡，只把重逢的希望寄托在每年夏天的荷塘。

永远的轮回带着宿命的多变，少年的成长里留下戏水时无忧的笑声，歌声和桨声落在岸边渔火，点亮时光中沉睡的记忆。时间把我们抛在身后，难以忘却的几度寒秋。当我用三尺生宣画下成熟的秋天，你灵秀的手指在丰润的唇上悄悄抹上一点胭脂红，而我再也看不到你后来的青春。

那是高原的青红，在远隔的万水间也有一池家乡的水色。当告别时把结局认定，曾经挑灯看剑的豪情被时间无声地扼杀，一支笔挑起风云突变的命运，也无力诉说　切能风轻云淡。

那一年秋天去过你的城，古老的城墙撑起厚重的历史，黄色高原除了沙尘暴,也给一座城市带来更多的苍凉。时间和面孔都改变了少年的容颜。爱已过期,无法印证的诺言被蹉跎掩盖,相对时真想说一句"天凉好个秋"。荒原野草伴着萧瑟和你的长发飘荡,在一座古寺前看满树枫叶,忽然想说万紫千红也无法堪比眼前的秋色。时间褪去了所有的艳丽,你的笑再也没有迎视的热量。

在一棵树下说起从前的事你面色沉稳,那些淡去的记忆重新提及的时候,我的表情恰如在寺中听禅,只有内心如涛,翻滚不息……

不是吗?放弃了自己追求的一切,就要接受命运的安排。所谓碧血丹心都随缘生缘灭,目光如蜻蜓点水一碰急转,爱里的余温再也无法聚暖。

在那段时间走走停停,度过那些重逢的日子,现实却改变最初的期待。曾以为重逢就可以开始,却不知道时间已经不让我们在缘分里讨笑。零碎的回忆曾经让江山颓废,到如今真的相见了,却明白昨日一去不复返的真正含义。这不是青春暗恋时被揭穿的狼狈,只是感谢彼此的理性,让我们明白什么是爱。

分别十几年的奢望一旦揭开,心也就敞亮,坦然在相伴的日子里感受同行的快乐,旧时的爱恋已经被亲情所替代。离开的那天你送别的笑容带着真诚的纯净,只是所有的奢望破灭之后,此时回忆里融进的墨色不再有当年的虚幻和相思。

关山万里遥,你的笑容和温软的语言都成为心头的铭记的真情,在一场重逢中顿悟,青春时错开的一切和边城的站台成为送别的回望。轻拥的告别隔了初恋的距离,我知道那一别,今生不再相见。

朝花夕拾杯中酒,哼着这首歌也知道缘分的索取是多年后的一厢情愿,路过那座城市亦找不到失去的青春,相聚的八月在以后的日子里珍藏。故乡一片芦苇以及夏天绿色的翠鸟掠过你回忆的时候,我用芦花摆放成秋天的景致,祭奠我们失去的青春。

记忆的盛宴还是少年时故乡的原风景,快乐的中秋夜,拿着月饼和采摘的菱角畅谈理想和未来的场面都成为过去式。或许边城原草尖上的露珠也在心头滚动,迎着阳光的初笑你依旧行走在古老的边城。那些本该封存的记忆却一次次因为惦念而呼之欲出,如今我留下的只是一个背影,却难以阻止目光追送的祝福与相伴未知的日月。

写下这么多关乎你的故事,那一季花开成为永远的春天,却不希望一场走失的缘分被挽回后伤害无辜的人,时间走到了今天,尽管此情无计,文字铺开的画面上,写下一句真诚的祝福!

那一年路过你的城,花开锦绣,生命亦超越。思及时再次落笔,权当多年来内心欲望的解脱,而你,永远走不出回忆的快乐。

第二章

蜕变在月光的清风下

跌进目光的河流,无力挣脱幸福的缠绕,你薄荷般的笑声清凉入心,陪着走过几十个春秋。挑断孤灯梦不醒,回眸处的心疼是阅尽沧桑后的穿越,到如今物是人非,却再也不会问及你的世界和我的文字里究竟藏着谁,这一切又是谁的幸福谁的痛?

再有几天就是中秋了,对月沉思,谁在为逝去的岁月自省。曾经对你飘过彩虹的天空和开满格桑花的故乡有过多年的向往,只是把遗憾关在黑白的方块字里。那些摆脱不掉的心情和不得不用的标点跟随我的情感走走停停,而你的往事也一样触摸我记忆的悲喜。

守望的界限一半是天堂,一半是地狱,可以不在那些故事里去流泪,也不用在快乐时忘乎所以。风捆绑了季节,冷暖却由不得人,而期待能改变的一切不再有宿命里注定的漂泊。

每个人都需要一份温暖支撑内心的依靠,寒冷的北方和南方的雨季一直在固定的时间流转。那一年我们彼此离开生养的故乡,记忆的跌宕在岁月里沉寂。

多年后偶尔看你的照片,青春的笑脸总是停留在那一段青葱的时光。如今再看眼前的自己,沧桑的脸像极了北方干裂的荒原,每一条皱纹都是岁月的沟壑。读着一篇篇日记里委婉的语言,专注的青春和长大后的老成世故少了无忧无虑的率真,沿着记忆溯流而上,有多少艰辛的跋涉也换不来千里外的回应。用沉默面对身边的人和事,当我绕过每一座无你的城池,原来你只在记忆中扎根。

每个人都有一生最深的记忆,而最终的结局总是带着少年的疼痛慢慢淡去,后来和人之间的浅淡游离再也没有,没有同窗时无忧无虑的坦诚。我们走在红尘,原来多年前纯真的情感只保留在彼此的世界,成为别人眼中无法救药的痴儿。守一份清心寡欲,执一颗凡尘执念,我相信一旦欲望太重时总有人会落入世俗的囚笼,让人生面目全非。

可以失意，却不可失道，这是一份人生的箴言。即使松开相握的手，那些牵绊相望都不再因为离开而失真变态。把心留在一个柔软的地方让回忆触摸，可以感觉到一个跳动的痛在多年后依然强烈，因为有了这份回忆，远去的意识又重新在记忆里存在。蜕变在月光的清风下，风柔柔地抚摸着你缎子般的黑发。也许为你保留的长发情结在今天看来已经不合时宜，流转的岁月中散去的青春面孔变得不再重要。在简单的生活中抛却虚伪的成分，万里之遥的惺惺相惜续接了走失的过去。

多年后，当一直摆放在心中的人活生生地站在你的面前，讪笑的表情无法掩藏内心的惊喜，握紧的手传递的疼微微颤抖。月光的角落那个人从来没有离开，在每一个黑暗来临的时候，命运能弥补的就是你在失望的时候让快乐失而复得。

你说：我的手还是那般的有力，连每一次相握都带着霸道的力量。行走在广场的灯光下，一直期待归来的脚步最终是在异乡的城市落定。时间的两岸相隔的太多，而一直希望去草原的愿望最终停留在原始的相遇中。不会忘了一个定律，重逢就是离别的开始，很多人得到的幸福远远比失去的重要，因为他们忘记很多结局不由得自己来定，随缘、是难以参透的禅机。从少年到白首，我们都经历了太多的悲欢，而有些幸福却是因为失去而重新被塑造。我宁愿保留和尊重彼此内心的选择，也不会去强行改变内心的真实。一身素衣代替多年前的红装，当今天已经习惯在回忆中遥望，目光划出的直线洞穿时光的阻隔，越过明月关山。

文字成为思念的道具，就让些许祝福陪伴一生，完整和残缺的日子赋予理智的点醒，在你看得到的地方，有山有水，有江南，一篇篇文字记录的岁月，从此因你而精彩。

我知道浴火重生是个残酷的词，当很少有人知道，破茧的痛也不是谁都能承受。我的快乐是因为牵挂还包裹少年时的真，很多白天黑夜的寂静产生的念想都是为你执笔的冲动。那么多日记曾经写下一个人的名字，当有一天翻开尘封的扉页，时光中憔悴的等待让衣带渐宽，却不希望泪的汹涌淡去生活原有的本色。我们都行走在不同的路上，少年懵懂的誓言如早秋的薄霜易逝，却有人铭记了那年青春的笑容。时间雕刻着命运，锋利的刀锋也削去生命中不应滋生的欲望。当梨花错过四月，没有理由去逆转错过的花期，蜕变在月光清风下，无论转身和停留，都割不断曾经牵手的记忆。

这一年，君在草原，我在江南。月光清风下，熟悉的声音带着边城的苍茫在生命中回荡……

第三章

浅遇，深藏

记得张小娴说：放弃一个爱你的人而去爱一个不爱你的人，那时你已经没有太多青春去追寻一个遥不可及的梦。当我们没有太多的青春去追逐遥不可及的梦，爱你的人早已消失在人海深处，成为记忆中失落的叹息。秋雨绵绵的季节，一场雨淋着石头敲打大地的脊梁，山野蒙上一层雾障。走在雨中，把你名字储存在手机揣进兜里，在一场秋雨中，才知道所谓擦肩比转身更简单。

走进深秋，那只蜻蜓曾经留在指尖，夏天的路变得更加遥远，三月桃花四月樱远远抛在身后，不知不觉青丝在流年染上青霜。在爱情的世界很多人从来没有清醒，一句地老天荒终究是不变的棋局，而聚散离合和季节总是息息相关。

秋风搅乱夏天的残局，枫叶红了，忘记那场对弈时的你情我愿，将相遇和棋子一起封藏在黑色的棋盒，冷眼看彼此的颜色黑白分明。绿色渐渐减退，秋天山林旷野成熟的果子和缤纷的树叶昭示收获的来临。时间被季节重组之后，无论是雨的来临和秋阳的猛烈，很多成长的故事在子夜的空白处歇息，写下此时安静的心情。

风刮在彼岸，池塘上的荷叶变得残缺，我知道高原上格桑花和无名草此时一定被风涂满不同的颜色。远去的故事中一个背影隐入黑暗的记忆，夜风点亮的星星在窗帘外眨眼，一只老猫匍匐在屋檐上听着蝙蝠扑棱的声音、几千年遥远的北方，我在一个秋天却找不到有关于春天的荒冢。风萧萧，丛林山野和土地的颜色混为一色，很多回忆已经超越了时间的界限。仔细想想：也许相爱的初衷是对的，只是经过现实的考量，爱的本意被时间改变，一切变得面目全非。

每一个人都是独立的个体，莫把一个人变成两个人，种种因果都是缘分赋予的结局，只能在是非转变中改变认识的角度。在这样的季节一个人继续漂泊，八月远行，悠闲中也带着一丝失落，中秋的脚步把一个人的身影流放在异乡，熟悉的路在落日下散去阳光的余热,夜幕降临后,找一个路边的酒馆饮下一杯酒,怀乡的情绪似乎变得更加炽烈,甚至有点悔意没有听从母亲的劝阻,在节日到来之前执拗的旅行。

故都的秋热闹非凡,街道上的一对对夫妇带着孩子向家中走去。晚餐时孩子穿梭的身影和父母爽朗的笑声惊动着这个中秋月,谁在乎吴刚的寂寞投向人间。看着街灯,端着酒杯不由想到自己的处境:我们手握的爱走过千山万水,何时一起走过无奈的辋川。

在多年后的秋里,南北之地除了思念的乡愁还有什么?记得那年在湿地的芦苇荡旁看凋零的荷花,一片丝巾带着风的飘逸撩拨少年的面颊。张小娴说:"对不起"这三个字很难说出口,却很容易做出来。他曾是那么慷慨地等待你,他本来是你的,你自己选择不要,那就永远不要惜……虽然我们都承受过伤痛别离,而爱一旦被执着成全,你会不会再告诉我:中秋节的酒已经蘸满……

几十年后,我们想起张小娴的这段话去找回那一帧画面,只是你的头发和芦花一样染雪,奈何桥上的孟婆汤真的没有产生功效,让所有的思念和奢望不再是自圆其说的谎言。还记得很多年前你描眉的娇俏,一树梨花也褪了七分春色,午后赴约,春雨打乱四月妆容,小小的伞就包容了整个世界。

不是吗?我的世界除了父母和孩子,还有你。

秋冬都是时间上演的剧本，秋描了底色，让后来的日子少了点苍白的色彩。大把光阴被一只秋雁衔走，所有的憾事被阳光破解，在一场中秋的月下看万户团圆。

陈茶不饮，宿酒难醒的传言在壶中沉底，归来时秋阳温着胃里的寒。原来、努力就可以改变一切，罔顾红尘诉说的等待总是被命运嘲笑。是你的不会失去，不是你的求也得不到，等这个秋天湖塘上芦花飞落，春风又绿江南岸，我们可以采一片苇叶重温端午时的温情惬意。在水一方的序曲开始循环播放，长发绾起的髻上插上一只莲花簪，所有的悲欢离合在今天忽略。

院中的一树梅开在冬天芳香扑面，或者是受诗词的熏陶，雪地里的暗香盈袖成为冬天的雀跃。忆着荷塘前笑脸并肩，纤细的身影伴着半生的温从顺和，阳光沉沉落下去，一阵风和日丽唤醒青春岁月中妙曼的回忆，摘下篱笆前那朵金菊，暮色下捧起重逢的缱绻。

林花谢了春红，所谓白首不相离就是离别后的真情不散，舍去繁华的寂寞在窗前听雨，远比鹊桥下一年一度的相逢要来得真实。相守的日子被桃花染红，再也没有人面不知何处去的惆怅。

过了这个中秋，秋风沾不上白发，春天归来的你，约定雨后看一生的春花秋月！

第四章

十八岁的那年后来的你

  青春的脸上，思念被暗疮覆盖，等到我们真的进入结婚的年龄，才明白有些爱情不是通过努力就可以得到，要出自于内心的那种不依不饶。

  十八岁的那年后来的你，不知道是不是因为那年的擦肩，错过了一份姻缘，多年后捻起轮回中那串念珠，佛堂上虔诚的仰望落在许愿的嫁衣。世事轮回，是不是每个人的前尘往事还留在这转世不忘的年轮。

十几年后在红尘中历练，笑看你来我往，茫茫江湖，飞针挑断岁月的经脉，你留下的是一片锦绣，还是那年失散后苦苦寻找的前缘？

从毕业后很久没有见到你，些许记忆都在日记里翻遍，和你关联的除了青春的校园和边陲的戈壁，江南塞北的反差太大，竟让我产生过去寻你的念头。我是在回忆中念旧的人，寄情灯下的日记和半退的夏天越过失望的门槛之后更多了一份执念。或者沧桑成了不适合的词，勾惹不了少年时的豪情壮志。而那时的你呢，电话中的羞怯是否多了失去后懦弱的自责，让离开的十月黄沙漫卷西风。

每每想到这些，无形中总是搁笔，用一支烟掩盖内心的痛，星月遁形，凝固的讪笑被一团烟雾圈住呼之欲出的叹息。多年后的中秋再想起从前月下漫步的回忆，秋水残荷能否经得起雨的淋漓？早寒晚凉伴着远方的孤影一次次清晰，进入八月，处暑后的烈阳有点狐假虎威的感觉。这不像是江南的秋天，各种燥热在午间升腾，夜间的颤抖也只是思念的措辞。清晰地记得那年晚秋的田野上你摘下的野菊花，说着一些此去无期的伤感，一身秋衣在风中显得单薄，握紧的手沾上风的凉。那是送别的伤感，如今你的手指也不会再有那年的柔软。

如果没有离开，重逢也就是空想的假定，无数夜里就少了些温暖的词。进入十月，南北之秋处处充斥了团圆的喜庆，而属于各自的幸福却写不进中秋共同的格律。除了任意点燃的烟和端起的酒杯，那年赠我的野菊花收藏在告别的一篇日记中，浸透未满的相思月。

总是在节日快来的时候便早早给自己提了醒：别去悼念失去的往事，有些生离比死别更折磨人。想起苏轼明月夜的短松冈我们何其幸运，即使你的素衣你的发不再是青春的温顺艳丽，而思念终究会乘风离去，留在阿瓦提那座小小的城。

每个节日都会发去邮件，却不在意你是否收到，失联那么久了还傻傻地叮嘱你注意秋凉和环境的动荡。想象你削去长发后精干的利落，只有等待挂了荒原的苍色。命运可以让人辜负很多，只是那时候沿着塔里木河南下、在车站脚尖踮起的瞭望是分别十几年后的迫切和惊喜，还有告别时目光约下后来的归期。巧合的是我们都在秋天相送，只是隔了时光沧桑里隐藏太深的故事，那样的月色留在额头，彼此把艰辛埋进皱纹。

夜深沉，无法预测月圆后的阴晴，也许一场秋雨会滋润干涸的河床，让古老的胡杨延续春天的生机。那条独木舟停在横贯东西的塔里木河上，干裂的船和渔网挂在岁月的枯枝。留在记忆中的白色衣裙和容颜一起模糊，牵手拥抱的青春也沾满胡杨的颜色，散发过青春的朝气，乡音未改，熟悉的举动在午夜的梦中一如既往。

有时候查看发送的邮件，忽然就感觉痴傻的可笑，曾经懵懂的爱恋早成了亲情的不舍，万里黄沙和夕阳如火都是一个人的苍茫。把惦念传送给未知的远方，独看明月共潮生，我们的岁月早已被时间改变一切，在那年秋天写成不扰的章节。天涯望月，思念变得稀薄，夜的月、月的歌衍生成怀念的生生不息。皓月当空，不知今夕何夕，谁能让你的身影走出轮回的记忆，重新回到少年时光。

我不知道被月色濯洗的容颜依旧如故，披在肩头的黑发是否如那年柔顺，这场梦也缩短等待的期限。不老的不仅是时间，回忆可以还原所有的影像，明月千里，在一首"关山月"里思归，将你的柔软融进家乡一池碧波。黑白的邮件上写下你熟悉的名字，却不再追讨失去的缘分。

第五章

记忆的空港

走在记忆的空港，只能用时间来更新岁月，季节变换中的一草一木都彰显生命不同的色彩。深秋来时，一枚叶子飘在空中，也不惧告别枝丫时的随风飘荡。那是生命的舞蹈，充斥过青翠的记忆，那是炫目的斑斓，在枯萎时没有萧瑟的伤感。这一枚树叶落在秋天的午后，看着窗外的香樟叶一天天变黄，缠绵的阴雨接连不断，我知道这个秋天终于来了。

送走过无数的秋天，几十年的感触只有这几年才深刻领会，从前的匆忙是顾不上花开花落,而此时落在秋风中的树叶好像带着诉求的愿望从高处跌落,从而多了些许惆怅。我不禁想起离开杭州那个秋天。树欲静风不止,下灵隐山时,寺前碧绿的香樟一点也没有受到季节的干扰,几株菩提树肃穆的身姿竟也让人生了敬畏之心。那年摘叶作笛的嬉笑惊动了佛前的香火,在游人的侧目中我们略显尴尬。如今想再次吹奏一声叶笛时候的音符,岁月已不成调。

难以脱俗的伤秋之情在这个八月更重了点,失足断了趾骨,眼前每一份萧条都添烦。更何况不知道谁家养的狗在窗外狂吠,吵人午睡的清静,干脆靠在床头抽着烟闭目遐思……

无形中想起那张送别的脸,不舍和遗憾的成分一览无遗,深秋的江南还有点夏天的余威,为了避开上午炽热的阳光,所以那天早早去了山里。路边的野草上挂着露珠,合欢树的羽叶被一只小鸟拨弄,槭树慢慢地染了红色,你的目光更带了复杂的表情。那天不再有以前来进香时的快乐,在山道上捡拾秋叶时看着折断的叶梗很容易联想到生活的脆伤。天气冷了,总有些树叶会早早离开生命的母体,当我们在一个断崖前留步,望着群山叠翠,眼睛里渐渐少了茫然。

到西湖后已是下午,三潭印月边的码头一条游船带我们离岸,看着碧水蓝天下盛开的荷花,忘记了在山林里那些的轻叹。岸边的芦苇和水草似乎不知道夏天已经离去，陪着荷花迎接四海游客。在湖心的小瀛洲转悠了半天，当我们乘船回来时，你摆弄着手中的一枚枫叶静静地看着水面被船儿犁开的浪花。秋阳西沉，大片的湖面被一条红色的光带拖曳，游船里传来一曲古筝，莫名其妙的泪瞬间无声湿润了眼角。我在一片树叶中看到了离愁，又在渔舟唱晚中感觉到告别的心痛。

很多日子都是无形地走过，和时间一样难以捕捉，今夜月照江南水，你是否也在月光的清华下凭吊往事。那天回来的船上接不住你滴落的泪花，那月随我们盛开的还有中秋夜的三秋桂子。如今很难把回忆揉碎，离开杭州的时候，萧山外呼啸的航班连同夜色掩盖那一场告别的呜咽，星光暗淡，是怕秋的来临多了冬天负担，还是怕一场雪在断桥上不再融化。

从来没有在这样的日子去闯开记忆的门，曾以为离开后那段记忆就是永远的空港，你知道我不会再有相同的时间和相同的人去杭城外的灵隐寺烧香，更不会陪你在虎跑泉下去品茶。龙井山下的茶庄和游船播放同一首曲子的时候，我们已经各自在天涯外听雨。

尽管，我已将最柔软的部分融在西湖的水中，蜿蜒的钱塘江容纳三秋潮汐，你能依靠的仅是一湖碧波，在曲院风荷外送走秋蝉最后的哀鸣。那枚树叶做成的书签夹在我的日记本中，在八月的从容中多一个记忆的标签。

用不了多久,从记忆中醒来的时候就是春天,迈过冬的寒冷,荒原上满目生翠,落尽树叶的枝干开始冒出新芽,甚至有一树桃花说着城南旧事。离别如果真的可以让人成长,那么这个冬天过后,曾经约定去草原的诺言就可以兑现。

懂得知足,才有生命的葳蕤,就像我们脚下的树叶也有轮回的青葱,那时一起为一首古筝流泪的场景以经成为过去,亦在夕阳箫鼓里欣然接受这生命的来来去去。很多故事不会流传,而我所求的只是北方草折后的一阕忆江南,在生命的天空下有远近之间的回应。

第六章

少年莫唱白头吟

闲来读书,一句话再次在心中泛起涟漪:愿得一心人,白首不相离。那样的心愿,柔软了多少岁月的等待。

此时,阳光在雨后发威,也许连日的阴雨催生太多的伤痛,刺眼的光线和痴狂融在一起,而昨日的雨夜竟也笑我此时的可怜。卧在空旷的床上,写着不懂的心情,复杂和纠缠的心理把瞌睡驱赶。我想起那个雨夜曾经有人吟哦的乐府,卓文君的叹息洞穿城市的钢筋水泥墙呼啸而来。离开那座城市的晚上有最后一声称谓割破今夜的雨帘，而黑夜和你的发色成为一体，凌晨安详的呼吸和平稳的胸膛在凝视中起伏。清晨的站台在挥着手告别后默默转身，这一切场面都已经成多年的习惯。

别离后的心情是山风送达后的窃窃私语，当岁月陪青霜落叶，宋词元曲里的伤心碧琢成斑斓色，守到季节的轮回。

时间过了太久，你说生怕有一天成了"白发魔女"的戏谑在十几年间成真，化学元素欺掩岁月染白的沧桑，相聚的节假日属于家的温暖太少，而我漂泊的生涯还是踏入了不归的江湖。你不懂江湖的血雨腥风，更不知道红尘的尔虞我诈，如今退出这一切纷争的时候才知道，江湖未来，我先老。

是对苍老的畏惧吗？不是，只是重新塑造的人生已经坦然。庆幸生命中的你只是一个无求的女子，不懂文字，不背宋词，只有相夫教子的责任成为你生活的重点。离开你的时候，你可知这一切是我对生活重新的认知。有你的牵绊，如何不在红尘快意行走，有你的不舍，又如何在刀光剑影中趟出人生另一条路。

十年前，江南的背影留下不舍的回望，却知道世间的欢喜就是等归来的那一天。离开西湖的那天，瘦弱的肩在抽泣时耸动，我远去的身影带走一个人的家。那时候你独自整理的书架上，汉乐府一卷唯独少了卓文君的那一章。

有没有人告诉我很爱你？陌生的城市总是想起这首歌，岁月亦渺，初见时的聱笑在相聚的时光中惊讶，绕过分离的痛，一个呵护的手势便描了你淡去的眉。我知道你是喜极了那首白头吟，总认为薄情的总是男子。从苏堤春晓到雪域高原，爱不必言，恨不需说。当三千青丝绕成千千结，八月的团圆伴着月光，相对时你的手指在我额头上画下一个无形咒，把生疏的词一一捡起，让相忘于江湖的典故在举案齐眉里纠正。

叹息被温存代替，这温情却来得太迟，除了祝福，其他缘由都显得牵强。红尘江山就是一个不变的乱世，没有刀光却能杀人于无形。在铁马金戈的诗词中挑灯，属于家的希望交付给后来，你让我带走的一卷"白头吟"原来是处心积虑的提醒。

离别不是残忍，很多年前不谙世事的轻狂有很多伤痕未愈，总怪太多的不安分让小小的幸福做不成相濡以沫里的典范。竹马挑落青梅，生生地残忍破了三月桃花雨，在故乡的庭院用一把牛角梳理不顺告别的乱世。菱花镜中的三尺白发被剪断，凄笑时，盼雁字回时，月满西楼。

记得临别一词，那时候的劝告让我受用至今：只有不老的江湖，没有不老的人生。金玉良言的叮嘱默默陪伴孤独的日子，唱着念念不忘的采莲曲趟过铁马冰河。能入梦的都是甜蜜的点滴，桃花缠身的笑意成为冬雪里的梅香不散。山一程水一程在目光相送中入骨，三千年折骨成瓷，你用泥土烧制的胚胎，刻下最后的白发吟。

流年于命，天赐罗衫，芳草连天时的青青碧野是相见的等候，桃花坞下桃花林撰写的词续养千年，却再也不会中了欲望的毒。缘灭无求，一支竹篙把漂泊的船靠岸，断桥残雪外的草庐写下与子成说的小令，青衫挥动时，今宵别梦。

我们的青春被时光消磨，憧憬和豪情却不会殆尽，用一笔丹青画梅，朱砂点不上少年额。那年的脚步就留在无舟的码头，曾经喜庆的开场白成为今天归来的希望，望乡的离歌背在吉他上，相信融进誓言的传说能续接生死的脉息。曹雪芹说：赤条条来去无牵挂，而爱情里的故事还是用浅红深黛的四月开场。相遇的场景有白发染雪的素洁，每一次善良的目光都投来真诚的怜爱。无人笑你这隔世的白发是流年的苍衰，无双的容在微凉的秋色里，撩起青春时熟悉的笑靥。

一起走遍千山，这些年来对家的亏欠能否被清风散去？择城终老的夙愿被时间检阅后归档。残缺的扉页躲过忧伤的空白，当我走过纷乱的江湖，每个月圆之夜的三十度仰望兜起万千离情别念，八月的月光染了重逢的白发，相望中，一张素脸无瑕。

用隐忍成就未来，如果还是分离，就让一颗心陪你白首，归来后的中年所有的爱恨情仇都是服输的低头,去慰藉你十几年孤守的岁月。

今夜更深露重,月色溶溶,时间终于给了最好的结局。归隐在菱花开遍的湖面,戕伤的过程忽略不计。也许我从来没有离开过你,俯首呵护时也看不到皱纹深深,当一根白发落在脸上,那座城,不再荒芜。

第七章

总有一个地方，有人等你

两个人的日子，总有一种爱像带刺的蔓草，在不注意的时候会让你痛。

丢掉的青春往往是找不回来的。因为生计我们走过很多地方，包括繁华的城市和旷古荒原。两点一线之间能牵系的总是心中的温暖，当那一年匆匆路过丽江的时候，一个古色古香的边陲小城在心中几乎没有印象。雪山，红土地，彩云之南，直到多年后的某一天孩子对我说：爸，有机会去丽江吧，那一天心中又有了远行的冲动。

丽江，一个遥远的地方，在我的印象中甚至比西域和东北都遥远，闻名天下的茶马古道和玉龙雪山都是别人眼中折射的风景，而漂泊的日子里却没有重返丽江的理由。天意弄人时汇总的词就是无可奈何，在有些人心中，钟爱的去处只因为有某一个人存在。爱上一座城只因为爱上一个人，那座城无论在哪个坐标上，也不问那个人在城市还是乡村。生成的眷恋和温软在触及的话语中捞起遗憾的往事，拥有的记忆下了眉头又上心头。

一切只为内心的最爱，无论是风景还是一种爱好都会成为执着，当孩子把一张张照片发过来时，我多年前拍下的那些黑白的照片已经被时间暗淡。目光停留在最后的图片，"梦回丽江"几个醒目的字瞬间占据了整个眼帘。

总有一首歌会和你有共鸣，总有一个地方让人神往，而在琐碎的生活里很多幸福和痛又紧密相连。在喀什，昏黄的天空和万里黄沙让人很难分辨天地的颜色，在艰难的途中一棵骆驼刺刮伤的何止是赤裸的足。更换了行走的城市，江南烟雨里的青瓦白墙也留下思乡的绞痛。而性格使然，那个秋天竟然在丝绸路的中途停留很久，季节更新时，一场轮回会替代故事里的一切。

在特定的环境中的"不由自主"不是借口，想起很多和你无法兑现的诺言真的惭愧。那不是欺骗，只是生活的艰难限制了一些承诺，甚至是自卑的自知之明，在一些人趾高气扬的表情里安静地躲在无人的角落。其实每个人都是平凡的，亲友间语言的伤害比蔓草更为直接，多年后一场故事的终结里，有的人已经无法取代现在安静的生活。

无论是告别还是重逢，一双手握紧，舍不得放弃的是什么？总有一个地方有人等你，越过现实去想象远方的风景，路口、站台和机场无法选择出行的捷径。穿梭和跨越之间总有疲惫的时候，用爱让自己恢复元气，奔波和艰辛被欲望暗算之后，消失的只是自己的青春和贪欲的不甘。

爱是一个点，目光聚焦在某一个地方总有蠢蠢欲动的感觉，倾醉不一定倾城。丽江成为地图上一个小小的点，愿望从心底蹦出我沿着划定的路线越过秋冬。原来一直没有遗忘的记忆都藏在时间的背上，北方的原野和西域的黄沙在梦的转角处留在身后。午后，夹着香烟的手指不再保留孤独的姿势，丽江已经写进出行的蓝图。

如今生活的小城是安静的，内心更没有离开都市繁华后的落差，古老的历史装饰、如今的县志，也塑造出一个小城里崭新的面貌。也没有人可以知道以后的一切，意外的脚伤让出行的机会成为泡沫，寂寞时，一场风后把无力的手搭上冰凉的窗台。

微微闭目，案上的那杯茶凉了，思绪不安分地游动在云南的土地，突然发现理想和豪情并没有因为一些磨难而消亡。电脑屏幕上的幻灯片一帧一帧地放着丽江的风景，只要心不死，一个爱的地方真的可以有海枯石烂。而此时的你呢，是在荒原上行走，还是让睫毛煽动记忆？当我在那天感知到你内心的彷徨，手机里分享的歌是旧时的《欢颜》。那晚的中国好声音唱着熟悉的歌曲，思绪化身成一只南飞雁在苍茫的原野上掠过。这时候，两个世界和距离合二为一，当我在遥远的江南想你，是不是能用文字揭开回忆的舱门。

一只倦飞的鸟停在树上看着窗内的我放肆地仰卧，室内的风景似乎很单调，溃败的心情不仅是因为无法出行，甚至孤独的角落还藏着不为人知的心思。接连的雨天加重了秋色，那年丽江客栈外的篝火和笙歌是束河古镇不般配的喧嚣。孩子一直提醒我说想热闹的话就去古城住下，对于喜欢喝几杯的人来说去古城会更合适，那些火塘和灯笼像极了西塘和乌镇，只是在丽江久了，更容易滋生出世的心。

那年路过丽江，没有去看完所有的景致，当多年后你说想去丽江的时候，梅里雪山和泸沽湖成为快乐的起点。精神里的需求是迷醉的舞台，而失重的生活也不再是逃避后的重复，丽江，你开始让我恍惚。

扑棱的声音让我睁开了眼,又下雨了,那只窥视的鸟儿冲上云霄。有些城市是没有城墙的阻隔,比如丽江,我愿意在开阔和原始的地带圆一场未了的梦,在茶马古道重新把你扶上行走的马背……

第八章

春天是四季唯一的路

春天这条路,就是红尘,从冬天突围,在夏季延伸。

清明的雨淅淅沥沥,念犹在,痛却淡淡。春花感染了心情,所有的苍凉和忧伤真的会随时光淡去吗?

走过四季,所有的花开花谢都是四月的平常,曾在童年里看过的《桃花扇》被岁月消化,一封封寄往边陲极地的信笺也沾了满纸春色。文字将季节渲染出一片喜色,书信里青涩的懵懂随真情力透纸背。那时候,江南的桃李漫山遍野,你在边城捕捉每个词语里有关于春天的一切信息。春意抵达北方时，浅浅的笑随着快乐迫不及待拆开信的封口，冬季的慵懒被春风唤醒，也拂动青丝上凌乱的等待。

这是四季唯一的路，苦等过夏秋冬的心情在早春二月后已经不怕春寒作祟。尽管雨雪交加的四月你在北方的路上沿袭心的坐标一路向前，不再让少年时的倔强重蹈覆辙。桃花扇，桃花水都是身边流过的日子，只是命运将青梅写成了离别。

尘色太重，也就忘却了伤怀，时光将岁月刻在你的眼角，鱼尾纹上青春嘲笑过的沧桑被成熟替代。没有不老的青春，也没有永远的桃花，当重逢不带任何欲望的色彩，蓦然回首后才发现我们都在春天的路上走着，曾经冬瑟时的漠然独行被春风引笑，转眼就是夏的收获。

记忆的废墟开出花来，春天的路上就有自然装点的绚烂，一朵桃花开在你的眉梢，连城南旧事里的长亭都长满了芳草。当春燕的尾将愁思剪落，青衣小巷下的夕阳伴着你入室后的身影把每一个日子都画上句号。

每个人都在走，沿着生命的定律前赴后继，少年的心思和落花都在各自的脚下被尘埃覆盖，只有内心完好的记忆没有被时间侵略。开启的笑唇上点滴呢喃，吟唱一首熟悉的旋律随季节来来往往。长亭古道，芳草夕阳，银色的长笛横在缘分的路口再次吹响季节的哨音，一封封被封口的信笺重新拆封，这份童心，在你的歌声里嘹亮了三月。回忆的幽暗春光明媚，梅瓶上插满的桃花成为春天的见证。被一场雨涤荡后的桃瓣将亮晶晶的眸色回旋在对视的瞬间，启齿时的相留醉被时光笑作指弹，几丝花蕊颤巍缘起时跋涉的心痛。

你的春裳被桃花染了千年，寒风掠杀过绿叶却挡不住桃花的绽开。少年的单薄被风穿透，信念的茁壮已像一株桃树根深蒂固，情愿忍受的寒暑等风的语言将春风传递，我们将温暖藏在袖中，让彼此的誓言留给时间备份。

李白的桃花潭响起过送别的歌声，目光将季节拓印在记忆的底片，也就忘了花落的叹息。你从春天走来，用花开的声音写下春天的序曲，一张未来得及写满的幸福还有你入尘时的轻笑浅嗔，采一朵桃花为笺，风干成爱的书签。

素年锦时，都是一个妙曼的字眼，清风中，你踏着春天的痕迹走来，眉眼保留了素净的日月。我们都没有细数过生命的花期，只愿用红尘的烟火着满越冬后的桃色。不要诺言作证，这些伴行的艰辛只有你能懂得等待的萧静。在思念肃穆的时候，阳光依旧挂着季节的标牌，让一夜春风品尝花瓣的甜意。

那是春天的味道，为一季归来留下生命中的一世安闲，这桃花是整个季节的恢弘和浪漫，蔓延过海一样的深情，在立春后破寒！

第九章
春未老，何处绻

　　梦里虔诚，缥缈与灼念相挨，一季生生不息延续地老天荒，也束缚了誓言的流散。在时光一隅真切地看过春天背后隐藏的真相，冷雨冰碎时的百川凝烟能孕育的明媚折射在相望的眸中。谁能把冬天冷漠的表情撕开，说一场花开花谢与自己无关。

　　面对春天自语，多年前的飞扬跋扈为谁雄？春天时真正的开心不再是畏惧的敷衍，度过冬天的危机，你用一身绿换取了春天的希望。远远注视后的轻叹也惊了花影，相识后不断诉诸的悲喜被时光稀薄，很多不能言传的应对都在午夜残留。记得那时的壮语豪情，甚至相约在三毛的撒哈拉里去流浪，温暖真的可以延续春天的故事，只希望时间滞留在那一年。而离别后朗朗笑声被时间屏蔽，我听到冬夜的哭泣只是季节交汇处一个矛盾的交叉。也许是太多的委屈无法表明冬天的迹象，曾经相欠的时光如何用坚定保留最初的执意。总是因为盼春的心弄不清夏秋冬，在拒绝和徘徊之间的犹豫不定生生错了最佳季节，让抬手时的相握多了几分迟疑。

　　阳光的温度多了季节的穿透力，很多不甘和委屈都是日记里的倾诉，甚至不敢在电话里加重辩解的语气。不想重复别人的诺言，只知道在每个感觉之间就能触摸到所有的点滴。不要忽略风的真实，它能改变一座山峰的走向，也能改变岁月的潮汐。春天步步为营，却往往阻隔在秋的边界，看花瓣跌落后被风卷走，最终收回的目光又在何处停留。

　　目光的去处漂移不定，时间已经积累了季节的所有。那些离愁的寂寥被黑夜填充，凄风苦旅夜连一场雨都陡然暂停。有些看不见的表情都是烛泪凝固后的灯灭，守在堆砌的城看着窗外强劲的风敲打初绿，那年春夜的歌在冬天断弦。

　　很多埋怨的不懂如今在沉淀中懂得，太多的日月也该成全夏天的圆满。时间前赴后继，夏天的答案昭然若揭。我们沉湎在光影中感受心脉同息时跳跃的节奏,却怕烛光折射出灯下星眸的迷离。记忆可以恢复最初的场景,秋冬辗转,彼此还能承受分离的凉。

守望春天,直到最后一丝风变得炽烈,春的尽头就在夏天不远的地方微笑,投入三月天最初的怀抱,端午的粽子和七月的山峦,山泉横流时戏水的笑在时间里鲜活。倾尽一生的等待让时间都汗颜,在袖里藏花拥趸如歌的岁月,让烟花三月的帆乘风破浪。

偶遇是生命的变数,生命开场时的喧闹新奇在默契中都无声的淡去,因为敏锐,我们往往多了感知,也带来不必要的烦恼。不是因为爱了心理就能成熟,而所谓的成熟往往就会失去很多快乐。就像春天的青梅,强摘就入口时除了多了苦涩,还有什么?

春未老,何处绻?曾经什么都相信,到如今爱情里的故事能让你相信的还有多少?不喜欢孤寂只能用文字来作陪,把一双固执的眸追随在四季,有些事,不必说穿。用温暖覆盖你的四季,长青的植被抗拒风雨的侵袭,装满一生的春天开始卸妆,却收藏了所有的眷恋。俪影夕阳下的反差是桃红错了柳绿,白堤上的荷却盈了盛夏。一年年的守望被思念凌迟,只有温暖才能平复冬天的疤痕。当缘分被时光切割打磨,你的欢喜唱成九月的歌,在红尘里登岸!

第十章

端午，包一个清凉的夏

一片粽叶摊平在手心，包裹的岁月被心境左右，青青的叶白白的糯米捧在手心，一颗红枣代替了古老的红豆。

能包裹的还有一个清凉的夏，穿着夏衣惬意行走在时光中，我们承接的习俗不仅是一个端午，还有历史中遗留的精魂被念起，在战国，在汨罗江上。龙舟破浪，两岸青山对立，能传承的历史年复一年，有感怀在文字里跳跃，如江水的浪花。潜藏的暗流和风向让一条船在岁月的漩涡里打转，艄公的号子从远方传来，淹没在龙舟的锣鼓声中。

端午,包裹的内涵太多,一条彩线系在孩子的手腕秉承的不仅是传统,还有那些曾经的日子在节日的时候用手理顺的生活。记得家乡香肠包裹的粽子以及莲子、红豆和红枣赋予的祈愿,一个春天就这样过去了,一步到夏的感叹在这个端午变成了现实。

回归的心,苍凉的历史和时间被节日圆润,母亲没有淡忘的念叨多了一份深沉的表情,曾经离家的日子一次次被电话里责问,无以面对的愧疚都用沉默来回答。季节有条不紊,岁月却四分五裂,母亲苍老的手再也包不成一个粽子的时候,她的泪和手指的颤抖让父亲多了心痛,只能安慰她说等孩子回来让他们包吧,或者去超市去买。

母亲听到这句话的时候放开了手里的粽叶,颤巍巍地走进了卧室。

听着他们的对话,我低下头笨拙运动着双手,虽然生疏却还能让它成型。听着父亲不大的声音不知道在卧室说着什么。客厅很安静,一叠粽叶和各种馅料摆在桌面,忽然感觉到这个端午真的需要一场团圆的盛宴。

拿起手机发了几个信息,捧着粽叶等着回音……

时间可以让人把一些人和事从变淡到遗忘,而有些习俗却总是被传统提醒。五月来临，端午就像孩童一样在门口晃来晃去，曾经儿时扑在外婆的怀里嚷着要的莲子粽只是在母亲的手里品尝。当我迈过的青葱少年长成像敦实的苇叶，那些季节交叉的路口成就过相遇的重叠，就像爱人手中的粽叶包裹着一生的幸福。旋转的十指和你的笑窝都在怀抱中欢喜，母亲的目光也用慈爱嗔笑我们无忧的青春。细细的线扎紧家的圆满，曾经的红豆和蜜枣被青衣裹紧，相伴走过每一个季节。

听到室内的铃声和母亲的念叨放下了手中的粽叶，六月已经看不到春天的模样。或者只有用心去回护未来的幸福，一粒红枣是相思的眼，留在六月的期待中等你回家。还保留着一颗不变的心，在举手之间给父母一个无言的宽慰，双手挤压的糯米就像曾经分离的日月中那些期盼，加重的力道让一些分散的糯米紧紧融合在一起，也让爱的空间缩短所有的距离。炉中火苗开始炽烈蒸笼里的温度逐渐升高，曾经散发出的透香被你孩子似的表情感染着年迈的父母，也忘却了我们早已经是人过中年。这时候，思念不再是炉火上的沸水，一个节日的团圆了却分离的责怨，断了母亲含怨的相牵。当你在端午前夕归来，素手拾起香味四溢的青粽，一头青丝在盘起的利落中让母亲笑逐颜开。

点一支烟想象过去的场景，留在冰箱的粽直到很久以后已经失去了端午的氛围,北方的暑热比往年更甚,只能把新鲜的粽子放进冷藏室等你归来。也好,这样可以还你一个快乐的童年,在母亲怜爱的眼中一定会看到永不疲倦的提醒:端午了,回家!

还有几天就是端午,提早预备的节日礼品总是扰人心思,各自在外漂泊的身影只能把目光投向故土,那些荷花和芦苇葳蕤了初夏的生机。记得母亲包裹的粽子浸透的苇香,在这个时光湖岸,等你一起触摸清凉的夏!

第十一章

桃花依旧笑春风

深话，浅说，二月，在雨中结束。从户外回来后，湿淋淋的头发贴在额上，忽然想起多年前的故里和无数次在稠密的雨丝中走过的自己。和江南在一起的日子，一直沉默的讨怜会在冲动的思念中说起，北方正寒时，江南春已到。

柳树开始泛绿，一场场春雨洗涤着天空和大地，等待的绿绕却被春寒苛求，无法抵暖的南北距离在一夜春风后化雨。北方的春天还是被严寒相欺，春天的模式早已经不复存在，唯有熟稔的春枝摇曳鲜亮的景色。目光里的轻抚重现曾经的纯真,季节设下的局至今无法破解,在轮回中等着一条相同的路径,那时候的伞折叠多年,所有的念起都落在今夜的指尖。

雨还在下,一条青石板上,春雨的寒阻挡着阳光的到来。

我相信冬天终究会离开,虽然眼前春天的气息音讯皆无,绵雨侵衣,寒气入骨。子夜的时候有些意志依靠阳光来支撑,尽管有一半坚持、一半忧伤,冬春交叉的时分等雨霁后的晴天朗照。这么多年了,今夜的思度还有旧时的重温,寒与暖较量后,所有的回忆成为三月独自的倔强。

春的脚步姗姗来迟,迫切的期待用望穿双眼来诠释。梅红落雨,一些花苞蠢蠢欲动,墨色里铺陈的底色和目光对峙,等一朵花色的绽放袒露春天的心事。那年,在梅园离开时,因为春早,及早凋零的梅花让你耿耿于怀,曾经笑你性格里的肆无忌惮,可你不知道季节无人更改。我们都不是为一季春天而来,直到若干年懂得之后,彼此的青春都在日记里落满尘埃。一桩桩心事充满分离,多年前的春红开在今生的桃枝,让次第的花开长成一枚前世的青果。小巷里的门楣贴上春的喜色,那把竹椅上不再落满尘埃,时间腐蚀的门环被一双手磨的铿亮,春天的烟火在小院中袅袅升起。

用四季的希望铺开春天的心事,一支古朴的骨簪别在盘起的发髻上，象牙般的色泽托起乌云般的黑发，只是你的手势开始迟缓，不再有少年时含羞的垂首。你总是说冬天太长，怕等待这个词改变了季节的方向，而很多固执是因为不弃的信念不会被时间改变初衷。无法放弃的信念漫过万水千山，而江南的春痕，都是盼归的眉弯。

春节的对联还贴在门楣，红红的颜色像极了欲放的桃花，曾经关上重门怕季节觊觎，只是满园春色也无法避免红尘的叨扰。秋冬时的不争不念被风瓦解，季节被春天定性，这世间有一抹绿色依然是春烟缭绕时江南的水色。到了三月，冬天不堪一击，寒色亦慢慢淡了，当你多年前轻责我对季节流转间一些冷暖的不懂，退守的春夜还有故园中空抱的暖色吗？怀念永远是个忧伤的词语，而奠祭就可以把悲伤埋葬。大彻大悟后，一掬泪，重塑了当年的坚强。

三千春色拥趸一世软红，不说鬓如霜，只忆江南好，春天的雨色丰盈万物，一首雨霖铃里听你清骨弹词。对于生命我们总是留不住太多的东西，季节的冷暖也皱了青春无敌的脸，我们都不是挑战季节的高手，也不能像华山论剑去和命运决一雌雄。当长发的温顺抵在宽厚的背上，回首时，满目桃花落在天空，开成你昨天眉眼里的彩妆。

如果梦亦成真，这一年海棠开后春风无衰。冬天里的春天藏着塞北的阴霾之下，而娇嫩的柳色是喜妆初成后的俏意玲珑。如果春风及早度过江南岸,杏花雨后的微醺被布谷鸟啼醒,换掉冬天的记忆,让所有的寒冷终结在春天。

一首《梦里水乡》在三月开始嘹亮,万物初醒,新叶丛生,淡淡的水波被烟浸了朦胧,你在云水端行走,我用春色还愿。

第十二章

翻阅的记忆

终是那一场冬天里的春雨，让寒色生辉。你的领地在北方的严寒里多了些暖。

写下这篇文字时你却看不到了，目光不在字行里穿梭，却多了不可言状的生疼。好久好久的音讯皆无我只能在文字里念叨，江南泼出的墨色成为路上的阴霾。些许的痛切和关联被冬天埋藏后，思念却在春天滋生。

谋爱于谋生都这样难，有人说守得住寂寞就能守住繁华，而如今两者都无人再守,所有的约定被现实摧毁,你不懂的痛就像白天不懂夜的黑:戏谑的调侃成真后,牵手的夜晚那些传递的心声被谁扼杀。

一直没有给你任何信息,我希望你是真的安静的,这封信被焦灼的心情发送后,却不报任何回复的希望。不念,不想,也不痛,褪去的春色也如认命的心开始沉默,拿捏不准未来,只是在日记里写着永远不会发出的邮件。多少年的故地重游只见花开不见人,曾经蛊惑人心的方块字成了不可饶恕的证据。戳着键盘面对日月,在文字里画押后的坦然还是一个人履行的诺言。

此信不合时宜,如果懂得,何需多言。你走后的日子三千六百天的欢笑成为一生的痛,夜晚的灯火和文字一起哆嗦。常常打错的字也不是因为眼花缭乱,手指上敲打的音符降了D调,被夜风忖度后纠错。

能忍的,都是包容吗?一个世界两个人,我只能在日记里打捞过往,跋涉的身影里还有无畏的坚强,只把关切用游客的身份匆匆掠过每一个文字标题。那些话都在心里,被冷漠的时光慢慢淡去,而空拥的热闹,只是举杯一笑时的自嘲。

时间给过最后怀念的理由,我守住的是自己,你守住的是未来。除了多年留下的根、离别的痛以及重逢的笑,这些沉入深海的记忆却在此刻呼之欲出。如果有爱却不痛，我愿意和你如朋友般地说笑，在掩饰时喊一声哥哥，凝固的口型再渐渐成为陌生的应付。

顽劣的青春都让我们忽视了，走过生活的一线天，却走不过开阔的平原。守的城等不到归来的人，你绕城而过后的心境只是为了昭示一个倔强后的自立吗？很久前的浪漫都被时光殆尽，春寒前的桃花开的无精打采。少年的鲜衣怒马零散成讪笑的记忆，不知道再见时你的铅华被岁月熬成了什么样容颜。

那年你说醉笑三万场，陪你走一生，戏谑的称你为二师兄，原来只会三十六变。跟斗云只是大师兄的专利，这些笑语是爱极了的疼怜。而一别之后，天河成了王母的划界，现实更是难以渡越的辋川。幸福在前面等着，这一路站台啊，是不是有你迟来时补票羞涩。

其实你很笨，偶尔的小性子只是装饰了几分小女人的心思。辉儿，你走的时候也是冬天吧，不曾想到说冬天里来冬天里走真的就一语成谶。相爱的那杯茶冷了很多年，时间蒸发了水分，而那只杯子还在。江南的桃花色北方的雪还是故土上盛开的鲜艳，触摸温暖后弹跳着离开，让很多沉默算是不能懂得的惩罚，成为曾经温暖的回报。

很多话都是三月的天书，一些蝌蚪文都留在相遇的王城，走失的公主留下一滴泪在北方的湖泊，有些目光其实打得我更疼。谁的风雅被时光扭曲，红尘一念被四月抢白，冬日的暖和神话里的故事一样躺在书架中。

第一次同仇敌忾还是因为那天说起西游记里的故事，也恼怒悟空三打白骨精落下的下场，二师弟煽风点火，三师弟无能为力，拿不掉的紧箍咒套在悟空的头上，到如今才知道有些咒语无法解得。当你离开后笑谈如风，三月冷土下取悦的春风真的可以换回季节的回报。

独自走在北方的城市，四月的京桃被樱花点缀，遥望的城春色茂盛。也许天暖时的裙摆都是别人的轻盈，这些轻粉落尘的俏意真的让冬天望尘莫及。其实你总是与我相干，包括很多在一起置气的日子里刀光都不再那样刺眼，少年的青涩真的像不熟的青果，贪婪地嚼在口中苦涩而不能充饥。我们将时光打量后再去反思这些年的所为，刘若英却一语道破天机。如果我们不是当初太倔强，我赔笑的忍让可否改写后来的幸福？

此时你在哪，是在春天的柳树下踏春，还是在山寺里上香，很多祈祷都在心里伴我白发苍苍，时光和我们的面容一起打皱时，曾经说不得的咒语在破解后告一段落。我不怕夜冷，也不怕隔江而望，湖上的小舟待发时，在你的王城里封侯，就可冰释前嫌。

我们都是红尘的痴儿，等到有一天燃起的烟火升过白色的围墙，所有的叹息和体谅都握进生离的掌心，不再诀别。

第十三章

风送金波，梅熟雨中黄

缘分被性格划界，却忘不了当初的誓言里有包容的词句，到过分强调性格不合也就是为了以后的幸福布局，为和睦背书。感动的是很多痴人都没有安排退路，等待多年后明白这个道理，也感叹时间给我们证明了太多的对错。

一本旧书里夹放的读后感被重新翻阅，对着天空望着六月，忽然就笑了。你不懂的，我都懂了。

用寂静安慰自己，夏天不落伤心碧，不能拥有完整的春天，就在四季轮回时等待秋天，在浩瀚的书海里淘出自己喜欢的文章，隐忍最初失落的失落。日记里藏着太多的秘密无人破解，照片和纸页很老了吗？它无视我的笑，只能用心执笔，为时间代书，等一场落幕倾国。

其实美丽是短暂的，无须沉迷季节展现出最好的一面。春风破寒，秋风落叶都是一步迈过的冬夏。只是风亦有情，总是在你最需要的时候流动，在酷热和糊涂时给予清醒。

文字里的稚嫩赋予桃李春风，心就留在了秋天。老城里的围墙和斑驳的门环一直没有换掉，只怕自己归来后找不到故乡的坐标。曾经小楼昨夜又东风，只是思绪蒙尘后归来的庭院已经物是人非。在一弯湖水的跌宕里，家，被岁月阻步。

锦溪，久远的桥，青石板被时间褪掉一层皮，腐蚀的桥身早已弱不禁风，江南雨中还有独守的等待，风中行走时已经没有寒冷的轻颤。如今几十个夏天过去了，曾经晦涩的表情已经变作明朗的笑声挂在石榴树上，红红的颜色碧绿的叶，从五月开端后就绽开夏天的一切。

身影随着时间走进岁月，冷暖之间都无须言明，日暮黄昏后点燃灯笼，泛红的水面和古老的吊窗前眉弯望不断天涯云水。倚着夏天的翠绿和碧波，思绪在黑暗里纵深，那样的夜晚适合一个人寂寞，红色的光晕衬托月的清辉。琵琶声从茶楼传来，人生的戏码总是离不开喧嚣城市，只有那个渡口和弯弯的桥可以让人忆起多年前戏曲里的故事和人生有太多相似之处，更无法置身于戏外去独善其身。

芒种到来时，端午的笑闹也被忙碌代替。新居已经落成，小区前的河因为连续的暴雨亦涨满了岸，水面在风平浪静时变得绰约，曾经的叹息已被波浪卷走。其实不是每个人都适合夏天的酷热，卧于红尘锦绣，终也躲不过时光的剑挑落梦的光环。

独自在文字里表白的日子开始终结，光怪陆离的表象藏进袖里乾坤，夜幕上演的宿命还在水面上泛着涟漪，苍穹下，有多少念及被喧嚣打断。很多人成了命运的旁观，素衣红装覆面，蜿蜒的小巷延伸在脚下的时候能找回从前还原那一夜烛火下的场景。相守最终还是和春天有关，一串红灯笼被喜庆引路，江南走出的你，最后推开命运的窗。

换一身旧时装，饮一杯龙山花雕，玉色的牛角梳在梳理长发时不再顺滑，曾经乌黑的青丝也被岁月染色。时间比人更无情，只是我们都懂得自己的选择无须说破，风透过了窗帘，纱罩里的烛火在摇曳，只有银河岸边的两颗星不动不摇。

故乡总有宜人处，再大的房子再大的床也只放下三尺身，行走在相约的途中，曾经千里相逢地留下一生丰盈。在夏至后笑语自言，多年后，我们会想起曾经的一切，生命的流星陨落，一切归于沉寂。那些黑暗中的眼睛依然闪烁时，阖上的，不是眼帘！有些祝贺姗姗来迟，有些台词心照不宣，当我们的坚守被四季优待，最终俘虏自己的幸福。

北寒浸身的季节早已过去，只是夏至的到来，都已平常！

第十四章

过了春天不是秋

无心的过失让春天某一段影像丢失，在岁月摆渡，风的哨音掠过旷野荒原飘向远方天际。风住尘香花已尽，却不知，过了春天不是秋。

知道自己会回来，在一场遇见后离别，岁月的神话恍惚在记忆深处。明媚初生的四月天寻找来时的坐标，城市的高楼鳞次栉比，而重逢的岸边多了诗情画意的描摹。儿时的风景改头换面，甚至小时候的邻居也笑问客从何处来。而让我归来的原因除了湖滩不远处一堆黄土下躺着最疼爱我的外婆，还有她留下的唯一女儿在故乡——我的母亲。

都说落叶归根，而叶不落，也一样归根，那是风雨摧残后飘零的叹息。多少期待点亮过张望的目光，只是归来后本性的固执依然滋生不变的执着，夏花绚烂，更多了茂盛的生命。这几年的思索是漫漫长夜孤灯的终结，朵朵荷花、片片芦苇簇拥着夏天的丰盈。尽管立夏后水波泛着微笑的凉意，我还是在那天趟进水中，让故乡的柔软彻底包围了染尘的身躯。

谁在岸边点眸，让快乐荡漾七月。

周日去湖心岛，小木船摇摇晃晃。解缆后却把握不住方向在湖面打转，一支熟练的篙撑离了停泊的岸，船头一个身影却是熟悉又陌生。水流淌在船的边缘，湖心中的小岛却不再是当年桃花坞里江南的景象。一排排青瓦白墙的房子错落有致，你指着其中的一座笑说：这个夏天在这里度夏一定很惬意。而这个季节岛上的桃花早已谢了，代替的是一枚枚泛红的果实。说起阳山的水蜜桃，这一截记忆离现实依旧太远，否则你的头发为什么被时间悄悄染色。

穿过一片竹林，绕过几株桃李，一些果实比花色更诱人。那年岛上桃枝牵扯的发丝停滞告别的脚步，下垂的刘海被阳光折射乌亮的色泽，桃却也更加绚丽。

三月没有尘染,青春未来得及细细端详的往事在今天也一起变老。弃舟登岸后的思绪一直不断,直至来到一栋精致的小楼前,迎接我们的亲属把我离乡多年的热情用大碗的酒尽数表达。酒酣时,花影依稀,尽管记忆被时间的枝丫阻挠,我知道故乡的一切还有割不断的留恋。

　　从端午一步到夏,那时候的桃花坞只是飘零的驿站,一叶扁舟过太湖,江南二月的凉意无法被阳光烘暖。弯弯的桥身长长的小巷,还有踢踏的石板唤起沉睡的清晨,几支杏花点缀烟雨,而无雪的冬天,只有故乡的呼唤在电话里一次次响起。

　　都是湖,都有岛,只是停靠的岸,隔了一条江。

　　午饭后沿着拦湖大堤漫无目地走着,七月登岛只是为了朋友到来做前哨,临岸的滩涂上青苇起伏,远处白帆点点。浩渺的烟波,一片荷花无风自动,承接四月桃花的婉转,绰约水面投下故人的身影,归来的渔船已经在夕阳下停靠。忽然就喜欢起眼前的景色,原来我的故乡、我的亲人都在,轻柔的水面泛着夏天的温暖,这不是我儿时的桃花坞,却因为懂得而铭记每一次回家时留恋的双眼。每次仓促告别时,母亲的叮咛还是那样啰嗦,只有父亲不耐烦地说,别叨叨了,孩子翅膀硬了都会飞。

　　莫名地想起了那些年离家的日子,在天涯的地方说着羡慕的景色,大湖湿地,渔歌唱晚……只是我们都回不到陶渊明的文字中,也找不到生活中的桃花源。时间结构在调整,那堆黄土前立起外婆一块黑色墓碑的时候,我知道我根也深深地扎下。

走近湖边浪花声开始清晰,一阵阵地拍打着细软的湖滩,追溯过往,离乡十几年的折返中,我的父母,孩子和你一直都藏在心底最柔软的地方。很多怨怼已经消散,虽然春天已经卸妆,我们深深地知道:过了春天不是秋。

这年七月,一枚青果已经成熟,年年岁岁,时光流转的执念抵挡过严冬瓦檐下的滴寒如剑,也在桃花盛开时举杯执盏。一杯藏于地下的等候被双手捧起,时间的封口被揭开时,醉也夏天,念也夏天。

第十五章

花莲的东边，是海

多年前在广播里听到一句话：花莲的东边是海，海在花莲的怀抱……听到那句话心底忽然变的柔软。花莲，屏东，外婆的澎湖湾，我们在三毛的故事里知道撒哈拉，也知道什么是琼瑶笔下的爱就是采芹生病时乔书培那杯两元钱买来的甘蔗汁。

许下的幸福就是执着的希望，风中樱花冬天的雪都在衍生季节的故事，只有直击心扉的柔软才能撼动坚硬的心。生命的幻觉有流年里无数次描摹的意象保真，一个呼吸都能唤醒的往事却知道前世相欠的一切要用今生偿还。许下的幸福不会被无情扼杀，一个人的天堂留在午夜营造的梦境让所有的幸福在今生兑现。

太平洋的季风刮走了三毛的身影，撒哈拉沙漠上那只骆驼还在哭泣。流落的北城不再有孤独的留守，所有的希冀依然在目光中攀爬，温暖的声音滞留在遥远的海边。阳光，海浪，巨大的岩石上长满的贝类，那时候我就像一只寄生蟹躲在一只海螺里，随着命运的潮汐四处流浪。

七月阳光和海浪都是热烈的，缘分跑得太快，很多愿望都栖息在退潮后的沙滩。当我们停留在海的那边，目光执意抵达后，有人说着相同的愿望。陪你去青岛看海，那一年所有的痛都被快乐替代，这里没有仙人掌，也没有屏东湛蓝的天空。小小的渔村被涛声包围，身影融在蔚蓝海水里的，不只是一颗心的期望。记忆很奇怪，很多残酷的现实在懂得后也变得一笑了之，只是提醒自己不要忘了前尘梦中寻找的路径。三毛的五月花不再是明日的天涯，夏日的烟愁留在海边，迷城中哭泣的骆驼留下远去的背影。多年后，三毛的魂是乌镇留下最后一缕馨香，她的世界浓缩成生命中最后的绝唱。

在很多平凡、美丽的眼神迷茫而执着，滴落在扉页上的泪珠湿透了纸张，在相同的跋涉里错过的驿站。把曾经的许诺交给时间，抚平分离时所有的忧伤。

相信导游磁性的嗓音可以引诱一处风景的向往，就像我们在三毛的文字里寻找自己的风景，少年时听到的那段解说词便把一生投向花莲的海。那身绿色的裙子和随意松散的长发在风中飘逸，手提的凉鞋和快乐裸露在自由的海边。当命运的手再一次伸出，中间隔着千年的陌生让一次相握成为永恒，能接纳的，还有岁月留下的不甘，时间让人忘记，也让人铭记，如果一些缘分的开始变成没有结果的惧怕，我的世界开始容纳你所有的幸福。

虽然时间分裂过太多的情感，包括最信赖的依靠都可以被无情丢弃，留下的麻木只有呼吸，生命的单薄也是看淡后的不喜不忧。蓝色海水浸泡黑白人生，北方旷野上的呐喊被飓风掩盖时，梦里的真敌不过生活的残酷，只把你的许诺成为一生投靠的港湾。

春天，远方的海和北城的荒芜焕发另一种生机，巩固的信念也挤掉得失的衡量，四月心情在一树樱花下找到春天的感觉，内心的单一，多了一份浓重的烟火味，这个七月变得快乐而简单。我相信生命的能量离不开爱的滋养，当三毛撒下红尘，就是一场意外夺去荷西后绝望的选择。他是她的天，是整个世界，那些爱都融在骨子里，怎么可能一人苟活。世间情为何物？只是生死相许，或者，你不一定是一个会写诗的女子，却一定是理性而独立的人。

那时候的海都是古典的浪漫，爱情里繁殖的婚姻还有简单浓烈的美好。这样的爱,是别人不能触碰的领地,至于对错,也不需别人评判。

　　永远的三毛,她影响过我们的少年,也因为那片海席卷过岁月的空洞。海边的橄榄树留住一个流浪的身影,这个夏天你说,崂山的四面也是海!

第十六章

开一坛文字酿，醉一场樱花三月

离开冬天凛冽的寒流，冷色就淡了，季节里的戒语，却经不起春天的诱惑而一次次萌动。文字中粉饰的梦只是独自伏案后的寂寞挑帘，推开窗，散去室内弥漫的烟，窗外的树已经开始泛绿。

夜不寒，季节已暖，春花被游人窥视了本真，有多少逝去后的繁华抵不过一场花事里的尘香。柳枝给春天作序，你的笑脸相陪和柔软的绿意在春天灿烂，只是那些嫣红不是一世的骄傲，冬天被暖风破解，纵然有梅花立雪，谁又解迎春花语。

时间无懈可击，前尘过往不计，当文字里的心境被浅笑轻责，目光也无法刺破苍穹。如今春色渐渐的近了，与你只能在一方纸上把酒话桑麻。我想寻找一个安静的乐园，忽略窗外的喧嚣，直到藏在墨色里的锋刃钝了，一阵春雷的咆哮也可唤醒沉睡的冬天。

　　春冬之间的攻防兼备，温暖终于占了上风，那些寒流退到三月的角落，看四月樱花如雪。

　　字不解意，却可入心，尘世一些笑闹往往成为戒者的自律。三月徜徉在如画的风景，总有一些花蕾被寒风扼杀。这个四月没有严寒，唯有空谷回声，在独自地叹息。

　　醉一场樱花三月，多了一份出尘的谦卑，那些花颜带着笑意探求春天的好。再次回到江南故园，姹紫嫣红重塑了谁的青春？阳光热烈地挥洒，呼应春寒声讨的不屑，花苞上凝聚的血气，还有骨子里的铮铮不屈。

　　也许，季节人生，沉默不是金，犹如生命的善良不是成全谁戕伐的理由。寒风并未停歇，夜里合起的花瓣规避某种肆意的掠夺，这人生啊，真的需要丛林法则，谁也无法阻挡花期的到来，就一直用生命的姿态绽放在春天。谁的繁华和落寞与我有关？曾经的无争无悔都赋予三月，这一坛佳酿里的真情发酵，醉月沉香。

　　无意在字里谋利，更不愿在花中沉湎。那年抬起的手腕写下三月的约定就把一句执着赋予懂得。温暖之源恪守的誓言守成戒律，横穿季节，有三月的眉眼相留，行一场花雨下的推杯换盏。那身相认的白衣融在雪色中，粉色的樱点缀素颜，并肩而上的台阶上观望寺前牌匾，那时候，心已向佛。

花海无边，这一生潮涨潮落后的退却都是履尘后的择路。霜冻还在北方作梗，只是玉渊潭的花已抖尽寒重，濯墨涤尘时，喧嚣远离。举杯时，花已向晚，将生生的思念写成提醒的咒语，冬不逢春，一枝花色衬垂首的侧目。这个春天的戏台上，我们都是围观的逍客，春天的角色碎步走过寒凉的舞台，更有几枚花瓣，随风刀炫舞。

我仿佛看到如烈焰般的装束踩着轻快的鼓点缓缓登场，笑语透过枝桠时有欢音传递。众多寒冷都作消散状，一张宽和的笑脸点缀丰腴的三月，酒面成欢。

将三月许成万年的不变，亦知道三生三世枕上书里都有这一季的梦成。我们在字外畅笑，更懂得天涯地有剑影刀光追杀未果的缘。在公园的一角席地而坐，青石桌上遗留的花瓣让人沉醉，却发现一朵红樱落在眼眶。感动可以让人生执拗，文字里的残缺被春心拂动，四月转身时的离枝落叶，做你来年重逢的佳酿。

京西芳草地，原是避世的最好。

第十七章

立夏，拥喜的时光

立夏时，阳光轻巧的伴着身影，万物绿了，行走的衣更显单薄。一身轻松被赋予了简单的含义，五月的生命越发蓬勃。有关于初夏的想象已经变成现实，青衣短袖时更渴望一场雨的降临，丝丝凉意可以驱散不正常的暑热。雨雾后的阳光不温不烈，愿望迎合心思，附言的话变成温暖的共鸣，这个夏天就真的来了。

天气放晴，植物和阳光升始活跃起来，布谷鸟伴随七月的蝉声，而北方的夏总是来得有点早，迅速攀升的温度让夏天显得迫不及待。

记得四月离开京城时那些迎雨的花，也记得午后阳光蒸发出的汗水让行走的身体多了不适。如果如约而至何脚步何必凌乱，雨水漫帘时，我和你只能在静夜听风。

很多告别的路不一定都是在阳光下，江南的城留着我的兄弟和很多熟识的故交，唯独缺少的你却在北方滞留。爱是一份融入骨子里的亲情，一举一动紧密相关，饮歌把酒的亲情更胜过单一的爱。那时候你静静坐在一边，在午夜歌声里轻轻应和的表情没有半点虚伪，很多人在后来走散了，那些举止不是为谁喝彩而留下的刻意，快乐的背景一旦设置成永恒，有些人、事，时间也无法摧残。

一句话，一辈子！这不是轻言，时间鸣哨裁定，兄弟、爱人、朋友在终点线上举杯欢呼。一起走得太久，相别多年后依然心心相印，相知无尽头，有爱的辗转在思念时翻来覆去，也有千金散尽还复来时的斗酒高歌。儿时的今朝斗草赢和童稚的雀跃早已经被孤单打发，春夏之间也就是一个相知相离的结局。

想起那年的夏季，静谧处的繁花都在五月绽放，青山绿水水长流，人生从此各西东。那年的立夏是雨中的凉爽，一片清幽地就是一生的约定。复行千里，全然不同不见初春的苍，时光的清闲被打点也少了各自不言的孤单。天光下行走，古老的传说添注生命的活力，与你青梅煮酒，也是相诺的不弃。城墙下覆足的青草上露珠打湿过探寻的路径，苦寻红尘相遇的奇迹。

这条运河古老得像一条没有文字的历史，刻在秦篆上的墨迹写着吴越春秋前的秦皇汉武，其实你去的那年雷峰塔已经倒了。单薄的夏衣和脚步一样柔软，灵隐寺叩拜心中的诉求有含羞的闭目。龙井山下，李叔同的长亭长满了青草，虎跑泉下浅酌的龙井彻悟最后的因果。

走过懵懂的童年，曾经彼此的世界谁都没有谁，你不是江南采桑的女子，只是相识后的天涯明月。走在京城，立夏的风不会乱了步履，擎香的手温曾留在灵隐寺外的菩提树上，现也留在佛香阁的经堂。颐和园复制不了西湖的景观，复制的园林也只是满清皇帝对江南的怀念，十十孔桥横渡，南北之间的跨越留下最初的心痕。千年思绪都化作蒙蒙烟雨，曾偌大的昆明湖上，我们把亲情友情都许给后来行走的岁月。

我的立夏依旧在北方，短暂的炽热和雷雨像极了耍性子的恋人，偶尔的争吵在雨过天晴后风平浪静。你一定记得那年七月的长城上烈日烘烤缺水的身体，八月的海边也承载一生幸福。我们都明白，盛夏远不及俗世里火热荼毒，短暂的荫凉会让畏惧的心再也走不出这个夏天，更不要忘了秋高气爽的十月约定下一站的同行。

等一场夏时雨冲洗凌乱的脚印,让宿命在扣手时握紧,这条路上,我们用心来铺砌。

第二卷
明月满妆照西楼

第一章

明月满妆照西楼

无尽的思念原以为是岁月补偿的温暖，七月的莲蓬在阳光下开始慢慢成熟。那一天误入藕花深处，无边的芦苇荡让人分不清的南北东西。这是水乡特有的景色，接天莲叶和映日荷花摇曳，一朵荷开成水中的红瓷，月光留下清辉，待明月满妆照西窗。

没有人比我更想你，曾经对童年的回忆只是梦里斗草赢，八月的罗衫倚笑早忘了春陌雪野上清寒冷色，那一生赌局在今天见输赢。

你输给了红尘，我把一生输给了你。

曾喜极了聂华苓那本书的名字——《千山万，水长流》，我的千山却隔了几世山水，迁徙和跋涉有你的帐垂帘卷，那一夜的宿醉不仅是烈酒的功效。醉倒在这七夕的夜里怨命运的不公，少年时的合不拢嘴为何在八月的杭城外紧闭。

酒冷唇凉，一曲相见欢的词牌被李煜写成词殇，春风度后，丁香无结，梦里打趣的自嘲拥抱初见的人生。云鬓花颜金步摇，三分笑脸便抵了七分醉。

如果那年的背影有一次转身，也不会在万顷碧波上让一场雨恣意浸淋。嫩嫩荷叶炒制的茶在舌尖上苦涩，而落尽心底的盛夏早没了试手描眉的机会。那是一杯隔世茶，竟也让人有了三碗不过冈的感觉。我不明白季节的分合怎的可以把情义撕碎，醉在时光的杯中忘了今夕何夕，满月暖暖陪我山水迢迢，对着银河不再说后会有期。在握别的叮咛里回味细声的遥问：今夜的鹊桥是不是飞过关山万里。

这样的年龄还有聚散离合，只是跋涉早已成为艰辛的代名词，想你的温和巧笑、谦让从容，倒也生生地塑造一个淡定的词句，黑夜的空间有一枚心甘情愿坠落的星辰划亮黑暗的等待。在人间的喧嚣里从此恋上了一个传说，纤云弄巧的词攀附凄婉的故事，那首词被反复吟喝之后，也道出很多人的朝朝暮暮。

离殇和困扰都是依赖的理由，却不忘蚌病成珠而我之利这个精辟的典故。多少磨难反反复复，多少人来去匆匆。摘一片荷叶吧，撑起圆满的希望去赴一场七夕之约，这蠢蠢欲动的思念蛊惑着飞天的梦，停留在银河的岸边。

也许，所有的爱情故事里都有凄美的遗憾，而唯有这个七夕还有一年一度团圆的希望。生生地相守被世人见证，银汉星河下的万丈红尘都被一次重逢痊愈了旷古的忧伤。那天长地久的暖巢是栖身的去处，而时光漂移的舟载着清愁和妩媚，在最后的末句里成章。

不与时间争长短，一些无法跨越的光年无穷无尽，七夕的誓言写成地老天荒，一份不可缺的眷，写成永远的恋……

秋化解了酷热，走过秋风凉爽的季节，月袖柳姿在红叶下各自缤纷。影如柳，花容非昨，那些荷花相映的脸颊看着隔江的芦苇，花残月缺的中元节绽开的月月红被捻起一瓣笑灿。等，菊花笑迎九月风，那时候你渡江而来，等一个月下共婵娟。你是我的地老天荒，在黑白分明的文字里拿捏情感的浓淡，很多落阳和迎晨的钟鼓舒展过沧桑的皱褶，已从芦苇上的风动鸟鸣将快乐的祝福和成长。

面对这样的节日，如果只是回忆，请将我忘记，如果还问情为何物，那些誓言都是芳草外的夕阳烽烟。用月色涤洗你的最初的容颜，故园夜的更漏声搅乱的月华如水真的能响起吴刚酒后的伐木声声。

　　栖宿在月下，流年里倾覆的匆匆客还在路上行走，追逐你的身影如捞月的失足，用一地月色染白奠祭的幡。谁午夜的灵魂去品味那场宿醉的呵怜，那个远行的我一脉风骨已是抵岸的酒醒，不知道白笺如瓷的桃花容上可有三月落伤的颦眉。依着冷窗等候一个身影，听不到嫦娥的呼唤，循着来路找一个远古的传说在八月泉城听一场声声慢。

　　走吧，和你一起去湖边的茅屋，当炊烟断肠，还有兰舟里的余温可以暖身。让秋色里的顾盼多赚些斑斓的回望，那走入迷局的寒烟水影用你的白绫擦干眼泪。

　　世间真的有永远的溯流而上，秦观词句里的韵味口口相传，在水一方再也没有主人下马时的泪湿青衫，人世间的地老天荒不只是长相忆时谣传的注脚。

　　灯灭，词淡……

　　坐在大明湖边，你说：点一支烟吧，让这个黑夜再亮一点，那些萤火虫飞过的夜晚已经飞过乌衣巷。酷热的夏终于被秋天打败，当落叶缤纷时，乍暖还寒时的三杯淡酒也能抵御晚来风急。

　　没有凭栏意，露水沾衣时的牵扯早已判定春夏时的繁花似锦都是一场散去的烟云，一段故事留在七夕的夜晚，轻轻吐出思念的气息。

  明年,桃花依旧笑春风,逐鹿的荒原,一匹白马自由地漫步在草原上……

第二章
棋　语

　　童年已经很远，季节像钟摆一样轮回，而有些事却回不到从前。

　　夏风吹窗竹帘动，一个信息也突然跳出屏幕，这是你发的信息，在这个六月一句归来的喜悦足以动心。时间的齿轮不倦地转动，在缝隙里挤压的人生让童年的心已经变形，记忆不依不饶席卷而来，犹如疾风瞬间就撩动思绪。

　　都说人生如棋，有些不懂离散的布局让后来的怀念成为人生的残局，执子落定后黑白分明。太多的画面撼动着曾经的感动，岁月虽然改变了太多的人，只是、纵然江南远，还有朱颜在。

被迫启动的记忆卷进了思念的旋涡，我们忘记很多曾经熟识的名字，包括与之关联的那些旧事。说好的不离不弃白被誓言包装，语言里的色彩却随季节变换成为一声叹息里的无奈，躲不开雨季的淋湿如逃离不了的人生，也无法粘合一千年之间的故事。你还记得一句画眉深浅入时无的婉转，词入了平仄，诗变不了格律，关于命运的传奇在文字里有了转折，你道起多年前我们那盘围棋里的提子打劫，眼看在落败后用一双手搅乱的棋局做了个顽皮的鬼脸。

那些任性和近乎耍赖的笑你一直不愿提起，现在才明白人世间对弈更像极了棋谱中的术语，看似平常却深不可测。再次说起少年下棋的往事，额头的沟壑和绽笑的鱼尾纹裂开，五官的轮廓却早被时间定型。

风动，心亦动，一直跳跃在眼前的景色忽然就多了一些纷乱的白，白色的棋子，白色的雪花，还有眸中转动黑白分明的眼睛。青春再也没有固定的姿势沿着理想前行，小楼东风吹动了桑烟也只是闲来无事时吟哦的心情。宿命是一本没有印刻完的经书，只要有的人散了，怎么可以在缘分的字眼里去寻找来时的路。

木刻的棋盘上直线纵横，在刀光剑影中冲出重围，黑白相间的乱局中谁没有被命运打劫？当今天静坐在窗前摆上多年前那盘围棋，在金边一角，等你来打围。

你会如约而至吧，尽管时间带走了岁月的真相，只能用黑白的颜色摆满人生的路点。分别的故事里有太多的珍藏，风吹亮星星的夜晚，有人沿着棋盘的纹路找到记忆中的落点。我们知道这一夜的博弈只为消遣，家乡的茶还有清明的味道，而头上的发色却没有棋子那般坚固，谁能抵御时间的侵袭，谁就可以拿爱和时间拼长短。茶、棋、人生有几分相似，只有拈子落定后的微笑才是不老的江山。雕栏玉砌也被时间腐蚀摧残，一个风化的灵魂在黑夜里缥缈，星子的眸光还依然闪亮。我们都笑着说老了，多年后的今天一场棋局收官，却是朱颜未改头先白。

人世间的苦痛和杀伐真的绕不过去，记忆的词汇里应该有忘却的字眼，只是太多的不舍还在，否则为什么在相视时目光在鬓角凝视，一粒白色的棋子在指尖颤抖时跌落在棋盘。

终究还是乱了这盘棋，此时却没有嘲笑的表情，静静地看着那一枚棋子在木质的棋盘上弹跳着最后复归平静。而巧的是那枚落子却破了被围的困局，我们都没有输赢，只是输给了时间，也等到了最后的结局。过往里的零零碎碎只当是命运的彩排，更或者是一首不合平仄的词，一切都可以重新开始填写。

明天就是夏至,还有一个七夕的传说蛊惑离别的人。这一场和局各自收拢黑白的棋子,碰盏的笑声是不是惊动了银河外的织女。

夏至的夜晚,那只莲花盏托在手中,星辰和月色对视,杯中酒,照了一双明亮的眼睛。

第三章

青衣共舞、素指十年

文字，是灵魂的外衣，时间流转后，给予我们什么样的提醒？

早过了立夏节气，天却在一夜之间酷热难当，春天那点最后的气息被阳光无情蒸发，遥远的北方也一样被热浪席卷。心思在一碗凉面中捧起，春天，早已是远隔的风景，樱花不再有绚烂的含笑，归乡途中轻柔的语音带着欢喜，青衣和长发在端午里共舞。

端午前，夏风转向，田里的麦子翻卷金波，季节待人如此宽宏，青碧的原野给了成熟的灿烂。遣散离愁别绪，那双白凉鞋穿过时光的缝隙，随优雅的手势理顺额前的乱发。

　　手持艾草随着习俗走进端午的传说，一杯雄黄酒伤了白娘子，许仙的痛是雷峰塔下多年的等待。屈原抱石投江明了报国志，如今千年已过，传说只是传说、流传的也永远流传。古人说世清出尘，世浊避世，有声有色的历史留下惋惜的悲壮，我们只能把光阴秉承，让节日和心灵并轨而契合，无惧无从……

　　挂在门楣上的艾叶菖蒲保留一个驱邪的习俗，清明插柳成荫延续的盛夏都变得平常，一双拖鞋走过清凉的夏，那年离家路上脚步的停滞无因可查。是怕不能归乡的路从此成了天涯，还让青春和少年的背景迷糊在告别的泪眼中。知道我会离开这座城市，远离的节日让孤单成为望乡的寂寞，可是永远难忘的夏季还有江南静谧的回忆。雨水清洗的天空蔚蓝初现，这个端午让回家的心情和天空一样明媚。

　　夏天慢慢走近，南北之间不同的气候遮掩不见的欢颜，你的娴熟踏着时光重新走近生命起点。一身简衣无须奢华的点缀，心若从容，所有艰难都变得简单，好想在故乡温热的风中陪你采莲，在立冬后陪我围炉煮酒。

　　湖边的小路早已铺上了水泥路面，那时在大佛前俯首的祈言已经成真，大片荷叶参差不齐，及腰深的艾草只是故乡五月的葳蕤。

一朵荷花和青梅呼应，接天莲叶隔开离乡路上昔年的恐惧。大片的绿叶遮盖了一朵朵清莲的荷花，也阻了晚来风雨急。我们少年时举起的伞只是一片荷叶撑起在头顶，在风过荷塘的夜色下，吴音缠耳时的呢喃细语都是故乡的丝竹，让离别的目光不再偏移。

一身白衣融在暮色，留在断桥残雪的冬天。雷峰塔前一步轻摇都是夕阳的相牵，承载万世的传说在千回百转后终于回归到生命的原点。原来，家只是一个执意相从的去处，骗得了别人，却躲不掉血浓于水的亲情。灵隐寺大佛前的香火还在灼灼地燃烧，像一个火红的夏天蒸烤诺言的炽烈。木鱼声声、素手素衣和心同色，那双鞋上白色的鲜艳让你回到无忧的青春岁月。即使少年不知愁滋味，毕竟很多因果让爱不再是悲伤的延续，在彻悟后冰释前嫌。

走在故乡的街道，亲朋的招呼都是熟悉的乡音，什么样的心情让你露出久违的笑脸？曾经言语的冰冷都在回家后消失，一句自然的称呼心甘情愿，更没有违心的应付。人性中的平常都不以为然，只是这样的端午，家的温馨给季节披上了一层不能言传的伤感，让以后的江南习惯于人心的纷杂，开始变得成熟和婉转。

在你嬉笑的庭院里，我在门外听风，风中传递的节日气息有隐约的欢笑从远方传来。夕阳依山后举杯望月的愁绪都只是你思乡的唏嘘，走过一个清凉的夏，我将许给自己的幸福送给起舞的青衣。

十年素指，包裹以后相依的岁月，尽管那是梦，彼此熟知的荷塘以及艾草深处还有莲蓬带来更多的欢喜，烈阳蒸烤的荷叶下，那一对鱼儿在水下畅游，我们和很多人一样相聚在这个端午，从此不再孤单。

谁都可以找到自己的幸福，只是有些人追求的目标不同，让离可聚，聚亦散。珍惜的心没有距离。就像季风贯穿四野时的无所顾忌，不为春花，不为秋月！

这个端午，因为幸福，所以幸福！

第四章
轻舟随流水，浓荫遮白头

坐在故乡的船头，雨荷厅成为记忆的背景，大明湖依旧没有蛙声。前端，是目光，是流水，是暗流汹涌下的迭起，入夏后的一场雨洗刷旅行的车窗，也洗净雨荷厅的黛瓦。风都是酷热的，船行到一片浓荫下，在岸边的人已经看不到头上的白发。李易安的词是杯中的婉约，清枯的冬天雪地里留下的脚印在大明湖边早已融化，一枚果子和词一样酸甜，在舌尖回味。

那个初夏，入盏微醺时还有你的叮咛，荷花开处，风吹过湖面，我听到了时间的叹息。

　　风轻柔的声音是荷叶依偎的摩擦，荡起桨破浪，掬起是水花泽润离愁的沧桑。曾经的紫砂壶装不下一湖浩渺，熟悉执盏的动作酷似少年的利落，涟漪中的身影在记忆中放大，炫舞的发铺展在水影中。太湖、大明湖，两者之间相同的景色让今天的故乡不再生疏。

　　轻解罗裳，独上兰舟，李清照的词犹在耳边，近夏的雨荷厅也走来清晰的你。那部《还珠格格》让大明湖声名鹊起，这尘间，这故土上的重返都有忘不了的乡情。如今大明湖的模样和几十年前外婆的描述截然不容，曾经无数次向你说起的景色在归乡时更显得色彩斑斓。

　　生命都无法重生，也无法破解未知的预言，迫切的目光在水面四处搜索，眼睛里捕捉的荷花和碧水都有江南的回望，绿波里荡漾欢喜的情怀。在湖畔徜徉，雨荷厅黛瓦朱廊流转夏的风情，思乡曲散在水面，接天荷叶挡了夏日的热浪。浪花溅起的荷叶有落雨的清丽，摇曳的荷花扯着风的笑语，那一季，我们和故乡相伴。

　　"四面荷花三面柳，一城山色半城湖"。这里没有我离去的无踪，多少年前把那支荷花放在矮墙上，见证生命的过程，被时间风干的莲蓬那样的孤老，只为今年的十里荷香。我把文字写在纸上，用生命的热切去酿一坛文字酿，眸子俏俏地流转在水波上泛起晶莹的亮点，湖边的阁楼却没有装下儿时的童话。一朵白荷在夏的季节染上了沁凉的颜色，走失的过往被一波湖水淹没，茂盛了月下荷塘。

风惹清莲，风姿绰约，一支支淡粉的清容重塑那年的红装，阳光把充足的光线投射在水面，蓄满的心事扩散成波纹一圈圈放大。这湖水有流动的柔媚，嫩黄的丝蕊竟像帐前的流苏带着温暖的色彩，留在心里，挂在眼帘。

小船划进了荷池深处，挺拔的荷叶遮挡阳光的威烈，早生的花已经凋了瓣。我不会在意少年时走散的孤单和异乡的飘零，也许等到秋天，大明湖秋月下干瘪的莲蓬和枯瘦的花茎在寒水上不再有夏天的吸引，而心中依然有一株不褪的粉荷无休地生长。

过了湖心岛把船泊在一片浓荫下，卖冷饮的大娘热情地递上几瓶冰镇的红茶。站在湖心亭，风送荷香，柳树环抱，一株古柳验证了枯木逢春的传说。大明湖，她和中国近代史一样，100多年的沧海桑田，见证了满清王朝的败落和中华民族近百年的苦难和繁荣。

"历下"，熟悉的地名没有因为变更区域而消失，如今历城县早已划为历城区，而在我心中历城是永远的历城。远山近水，莲荷烟树间都有江南的镜像，名人辈出的泉城是血脉流淌的根，三园，六岛十亭，却早已没有亲戚的迎接。

而我的根终究有一半在这里,桥卧清溪,绿水碧波。抗金的稼轩和亡国的易安把遗恨都留在这里,而我们生命的辗转里又有多少不为人知的艰难。大明湖,有我时时不忘的一池青碧,记忆的底片上记录的风姿,是那座城,是那个人……

第五章

日 光 倾 城

继续在回忆里旅行,那年的秋天从吐鲁番转车南下,一场沙尘暴给我的下马威就是到达南疆后最深的印象。

乘务员换卧铺票的时候依旧昏昏沉沉,吐鲁番那瓶伊犁大曲让我逃避了所有的黑暗。抵达阿克苏时已经是中午,漫天黄沙笼罩整个天空,部队带回来的旅行包里装满了对女儿的爱和西行的希望。犹豫着迈下了车门出了站口,天依旧是昏黄的,亲戚和同学一起来接站,她举着的牌子上写着我们同窗时的称呼,瞬间看到他们的不止是感动，还有一种温暖瞬间击垮了所有的坚强。

寒暄中有点腼腆，表哥接下我的包放进后备箱，只有同学装出大咧咧的样子戏谑道：十几年不见，装成熟啊！

使劲地揉着眼，嘴里埋怨一粒沙尘迷了眼，亲戚带着我跨进吉普车迅速驶离阿克苏车站。没有来得及端详刚刚踏上这片土地的景色，一排排杨树和中学课本里说的一模一样排列在街道两旁。此时的南疆不属于秋天，只有沿途叫卖瓜果声钻进车内，问寒问暖声打断了叫卖声，看着我的疲惫同学轻声问道：你到家先休息会，做好饭喊你（注：同学和我亲戚是表兄妹）。

我摇摇头，看着十几年没见的同学心里踏实起来，其实来这里只是一个中转站，我的目标是巴基斯坦，通过亲戚劳务输出的关系去踏上一条真正背井离乡的路。说着十几年来的经历，那天午后的酒再一次让我撕掉了所有的伪装。

谁也不知道我西行的目的，像蛰伏一个冬天的虫子会在合适的时候出来。知道自己想干什么，可惜有些人永远不知道我会做什么。所有的痛苦和折磨都是一种承受的沉默，一旦决定了某件事，就不会和任何人解释，包括我的亲人。

西域日光倾城，边陲和边城多了内在的区分，不知道为什么那些记忆总是让人失眠，大漠的落日长河淡去了所有色彩，预示某些生命的终结。吐鲁番的葡萄库尔勒的梨食不知其味，一种压抑在内心蓄满后，真的害怕会在某天释放。

停留在阿克苏，西行路上不再漫长，就像七月的北上或者南下时那些心情，悲伤可以淹没理智，却不能把人性淹没。等我在农一师的团部面对远阔的天，感觉自己渺小得简直就像一粒黄沙。可笑的是争气斗狠的青春让我那时候才明白，没有一个正常生活环境的人心灵一定会扭曲，也注定命运的多舛。

南疆的景色让人忘了许多，塔城和伊犁的风光曾经在同学书信来往中多了向往，而亲戚的盛情让我在中途改道直达南疆。当慢慢平复的心和等待签证的日子里开始焦躁，一望无际的棉花田垄上的白杨树上用指甲刻下滴血的誓言。在午后或者清晨在旷野里奔跑，红柳和骆驼刺扯烂了我的单衣，汗水流出的时候腌心地痛。转不过时差，每天还是六点半起床一次次走向无垠的沙漠，那天早上风有点凉，一株红柳出现的时候，不知道走了多远，漆黑的夜空下终于扑倒在沙堆上。

这是沙丘里的茂盛生命，它的根须深扎在沙漠的深处顽强地生长，是什么让它如此坚强？在干涸的沙漠寻找生命的源泉。想起上学时很不屑同学描绘的那些西域景色，总感觉那是谪臣叹天的土地，是一个荒凉的代名词。当我看到活生生的红柳才明白，自然界进化过程中它们对生命的适应，才让这片荒芜的土地有了生机。

我不知道走了多远，疲惫地蜷缩着身体看着眼前的红柳，一片黑乎乎的植被在不远处晃动的形状像极了沙漠的狼。惊怵地弹起身体，下意识地摸出一只带在身边的利器向前走去。

走近了才喘了口气，这是一丛骆驼刺，稀疏和稠密的地方在平视间给了我错觉，平复一下心情开始刨开它下面的沙子，想看看这传说中的沙漠勇士是什么样的能量给它旺盛的枝叶，吸取了怎样的营养。扒开沙子，纵横密布的根系展现在眼前，血管一样密集的根须尽管是柔弱的却充满生命的活力，那些触角延伸在地表下寻找存活的希望，给南疆的沙漠带来一线生机。

瞬间明白了很多，太阳不知道在什么时候已经跳出了地平线，金灿灿的阳光让天空走出黑暗。小心地把暴露的坑填平，开始悔恨没有带着跟了我几年的相机。曾经黑白的岁月只有目光触及的地方才有靓丽的色彩，回头看一眼骆驼刺和大片的红柳，迎着阳光向暂住的地方走去。

远处有人喊我的名字，一个模糊的身影出现在视野，有一种感动瞬间漫上心头……

第六章

三年日月浓似酒

喜欢黄梅戏是初中的时候受一部电影的影响，牛郎织女的传说被搬上屏幕时，少年的心思多了对牛郎的同情，更有对王母的怨怼。一对夫妻被活活拆开，远古的爱情成就了千古的传说。三年恩爱的日子终结后，他们用守望的坚贞抗拒一道银河的阻隔。

传说三千年，又有多少悲欢离合被后人演绎。红尘怨，苦情深，谁在一个多年的剧情中苦苦思索。不让相思数，桃花已满园，鹊桥搭起的路，在七夕夜里圆满朝朝暮暮的期盼。

还你一个传说，不过如此。

思念注定是一场流窜的风，在雪融之后和桃花论剑，一个无影脚掠起花瓣，古老的桃花和春风有了一场约会。某一段故事都是作别的记忆，千年流传爱恨缠绵写成相似的台词，如酒的日月让春风随桃花登场，隔着时间的剧本和记忆演绎另一场剧情重新开场。很想在婉转的唱腔中添加一个名字，一起唱着春蚕到死丝方尽，一起终老在人间……

春天在喝彩，故事的脚本被临摹，遗忘的少年依然说一声春好如旧。一天花雨酿制成三年如酒的甘醇，生命中相似的场景和翻阅的记忆重叠一段唱腔里的哀婉。无数的感念不会因为世俗而分崩离析，把爱情守望成两颗星座，谁的天衣覆盖着变幻的人间。

传说变成讪笑的寂寞，不能跨越的银河只把祝福留在你的彼岸，有人还说聚散离合平常事，把一些悲伤的分离化整为零。夏日的风接踵而至，葡萄架下月色温然柔美，一棵葡萄架下呢喃的声音只有爱人可以聆听。曾经剖析的故事情节在黎明后都不甘止言，那条天河上，真的有两个人的身影在七夕夜踏过鹊桥。

此番回忆，可以为信念加分，重听那段唱段，三年日月就多了一份甘醇。有些眼泪不是为了赚取同情，天上人间的偏见也流传于俗世红尘。如果一年的七夕延续美好的希冀，所有的分离也不必在无奈里仓皇。七女手中永远织不完的云锦将相思染成一片晚霞，酷似鹊桥相见时颊上升起的红晕。云袖挥起，星光乍现，光年里的路是不是真的太远？这份爱被传说验证，也被时间践踏成七月的苍迹。

原本就是神界的星宿，何必破了天宫的戒律。

而世人，只将幸福赋予现实，希望彼此的缘分不再远走天涯。少年时铭记的故事流传于世，一份痴执守成团聚的凭证。我们都在许下的诺言里兑现未来，让秋天待嫁的喜意绽放成五彩的烟花，拥抱少年梦里幻想过的场景。

银河天界，像三万八千里外走过的桑烟，多少感动的泪流满面在唱起的旋律里沾衣。故事里被替代的名字叫佳期如梦，谁还像青春的年少懵懂追赶一夕的温暖。如今三年时光里相邀，原来你的沉默都是信奉的俗约，写成一生一世不忘的念词。

时光善解人意，为乞巧的少年心谋一世真爱的艰辛。你用时间酿酒沉醉三年日月，为离别解忧。葡萄架上的青果是旧时品尝的无知，如今的幸福是心定的寻常里一朝一夕的岁岁相伴，一切无殇无欺。旧时的庭院亲人不曾远离，情不分日月，喁喁细语埋在了守望的梦，写成今世的至死不渝。

七月等你，拥一坛女儿红慰三年日月，良辰欢笑时斗酒含羞，一瀑青丝绾起，尘世的你便将素衣换成桃红。约定的幸福在手温握紧，不说夏烈，不言秋瑟，远离的朝暮是鹊桥上星眸的聚集，万里银河上的飞身相扑，成为今宵烛红里的倚翠。

第七章

贴近的灵魂

春天，是一个花开的过程，如同生命的成长一样，当一只蜜蜂伏在花的心房去领悟春天的美好，冬天碰触不到的芬芳和不敢想的遥远都一朵一瓣地绽开。轻灵的翅膀在天空下盘旋，我相信这一朵醒目的颜色呼唤着灵魂的归来，那些彩色的斑点是你羽翼上透明的颜色。此时，我依然能够看得见你亲密接触的深恋，这片桃花的笑容如斑斓的梦城，静默亦从容。

如果可以，请让我在这个雨季等你，将寒色褪去，换上轻粉茹素的颜饮酒作谈，紫色的蕊是不老的少年容，这一场雨就涤了尘埃。那一年雨中濯洗的娇艳有初识的清新，心静里的含笑只为今生季节的辗转后更多的懂得。一片青白和紫蕊入目入心，这三尺桃花最终是一场离别后的相认。

旧事不再提起，桃花依旧东风，有泽眸的潮湿落颊，只期望忧伤的泪也能改道。所有的冬离秋散都做春的积蓄，岁月的心，早已是无法变更的权衡。竹门柴扉上悬挂的红都是春天疏眉未描时的点妆，承续多年前一首诗的无望。

去年今日，城南的桃花林有欢悦的风拂动柔软的花瓣，雨后的绿叶承托鲜艳的叠起，这些相隔的距离一样都在时光里翻越。在一个春天，那把伞成了盛开的桃花被一双手轻轻地撑起，如果时光可以凋落花瓣，唯一不能凋零的只是心心相印后的娇红点点。或者，那片桃花林的恋慕成全过后来的一切，包括竹林里落座的笑容把信念捧为座上宾。一隅疏离的枝叶就是多年依靠的青梾，繁衍了生命，晶莹的雨如眸色一样的纯净。在初识的吸引里庆幸这场相遇不会重复题词后的悲悲戚戚，我相信桃花在，春不会远离。

短暂的秋和漫长的冬都不是季节的标尺，我们把缘分放在季节的空隙就有了各自生姿的快乐。回忆零零碎碎，生命花开花落，那些熟悉的场面让记忆都没有秘密，在每一个平凡日子里心有灵犀。

这一年的初春已经过半，一些期待和向往在收集的花瓣上馥郁。想象着来年的树下谁端起那一只陶碗迎笑，随着夏天浓烈的心情一起出场。让时间选择冷暖，那些时令里的迷藏还有春满时同样的表情都昭然若揭。踏着春天的脚步踩着时光的鼓点少了躁动，一片柳叶也能摆成一个名字，还有一声柳笛蛊惑着牧童的心。

摘一朵桃花插在云鬓，步步相趋，风在窃笑，一些欲言又止被目光封了唇。那时，桃花竹林做了天然的屏障，挪移的脚步在初夏的荷塘上成了连理，这些组合的画面都是许诺的初衷，永远不会被世俗涤荡。

桃花争艳，命运的组合拳却把曾经的一切打得狼狈不堪。相迎时的那场雨都是多年忧伤里相约的哭泣，轮回后春光正灿，那朵桃花变成冬寒后随手可触的娇憨。思念是每日必饮的醇香，贴近的柔占据生命所有的空间，在偎暖的梦里唱着桃花朵朵开，你目光点亮的不仅是春天的明媚。

鲜红入目，天空的画板上有色彩落笔，相思落锁。所有的岁寒都关在门外，一处低矮的篱笆墙上盛开的笑颜，终成为春天的喜嫁。这份爱，静卧在掌心，生命的纹理延伸你的脉搏，在牵手时感受彼此的温度。一次花开就囊括了所有的年轮，崔护诗句里的情感不是随手写下的怀念，桃花没有盛开时人已走远，那些失落的遗憾是灯下的喟叹。多年后,一枚花瓣最终贴在你的面颊,春天行走后张开幸福的羽翼,奔赴今生没有离别的约定。

春,化腐朽而神奇,懂得珍藏,也就懂得春去春会来。所有的迟疑转变为花开的结局,爱在兼养并存时,四季就不会远离。

拆开崔护的诗,也敲碎了寂寞的壳,那一朵桃花,绽放天涯。

第八章

君 淡 如 菊

　　白马啸西风,古道残阳。从前朝的辞章里醒来,孤单的身影流连在古老的终南山,梦里与陶公对话,一醉东篱。

　　今夜,倚梦而行,冷雾薄霜,秋风带来九月的轻寒。剪剪风里独拥一缕幽香入怀,紫玲珑开满夜的窗。当秋蝶的翅舞尽季节的斑斓,无声的祝愿轻轻地停留在你柔软的肩膀。

　　月下有菊,凄清的寒伴随了傲骨的模样,朔风席卷不了寂寥的孤单。寒星碎,烟云迷茫,你在秋天盛开一世灿烂。深情款款,细语嫣然,无声地诉说千年不变的浪漫。

凝结着日月精华的九月花黄,轻言一笑,那些灿烂季节里的群芳黯然卸去了芳华。东篱把酒黄昏后,朦胧的醉眼静静凝视你的安然,心事如桂花般的洒落,庭院生香。

秋风劲,百花残,刚强不屈的倔强,宁折不弯的铮铮柔骨在生命里留节。独立寒秋,风仪凛凛,你占尽人间秋色,一枝独秀的傲骨妆点一片锦绣河山,在时光夹缝里灿烂最后的一抹秋光。

那样的季节,忘了诗经,伤了小雅,一卷楚辞伴我路漫漫。梅的傲骨是你冬季的魅影,期待寒露和风霜为伴,月色和秋雨共香!

生命转换的瞬间是季节的落差,漂泊的心经历了几世花开花落的苍茫。遥望前尘,只能用灵动的指尖点击成一次简单的相约。

回放梦中的画面,不知道如今谁能谁采菊东篱,我把鲜艳的花瓣藏在旧日的诗章,掬一缕清香匆匆赶往梦里的长安。唐诗里散发着抹不去的幽思,伴你开在千年前的街头,开在红墙黛瓦的檐下,也开在无数人的心里。那时是谁在吟哦;冲天香气透长安,满城尽带黄金甲!

听一曲"菊花台",看一场"黄金甲",那一段后唐的烽烟就这样散了,梦里有东篱菊残,泛黄的笑容是剪不断的孤单,古典的诗里横斜疏影,抗拒恋恋红尘里喧嚣的茫然。千年前车马喧闹的街道,宫廷的侍卫，篡位的大王，孤单的王后，一腔柔情浇灌一轮千年的冰寒，却听一曲菊花台……

历史总是相似，萦萦的怅惘伴着伤感的音乐，刀光剑影中，梦似飞鸟的落羽，轻飘飘的揉进黑暗的夜。那次告别，蹒跚的步履支撑不住枯瘦的心颤，在亘古的荒原上等待成了一个永恒的风景。古老而咸涩的盼望中，目光流淌了不变的神往。

君淡如菊，散发幽深的暗香，秋雨冲刷尘埃的污染，清晰的叶脉托起娇艳的盎然。无惧朔风销蚀你的清馨，执着的摇曳，抵御西风的摧残。宁死抱枝残是菊的精魂，把生命季节里有限的时光伫立成正气凛然。即使香消玉殒也不争春风宠爱，不因处境艰难，而躲进重楼深院避开朔风的围剿，失去红尘里应有的风骨。

犹记千年前，一声高亢从长安穿越时空，《不第后赋菊》的长叹随漫天的长啸惊碎了晚唐的月光。雨露打湿的歌词被周杰伦沙哑的吟唱：花已向晚，人已夕阳，人生飘落了前世的灿烂，凋谢的世道上命运不堪……

青石小巷，繁华的都市，红尘人海里，一双迷醉的眼，深情一望，从此痴迷成千古绝唱。你在一首歌里走来，看朱红色的窗下一生的感慨写在纸上被风吹乱，奈何"软衬三春草，柔拖一缕香"。秋霜染白露，写离恨天一章，这样的诗句是软语的呢喃氤氲了半盏哀怨。冷月无边，一个隔空离世的红颜，微笑了梦的安详……

在古城，我找不到"向晚亦不适，驱车登古原"的意境，悠然的菊和刚烈的酒随秋心拆两半，上不了的岸摇晃一辈子的孤单。又是谁在金戈铁马的乱世里一身的戎装，随滚滚铁流呼啸命运的沧桑。那个月色的重帷下，柔软的心瓣于开合之间探出一抹羞涩的温暖，心有所动——吟菊自狂，一天风月从此吟成天地人世间的霜花和铁骨刚强！

而你的手永远握不住天涯的渺茫，"昼梦却因惆怅得，晚愁多为别离生"。一世的等待在叹息里无望。这轻轻的叹息呜咽了笛声的婉转，情未央，梦已残……

在水湄深处泛一叶心舟渡沧海与彼岸，那席卷的潮汐是否渍透赏菊人的素衣长衫。

菊香卷裙袂，胭脂凝香，如果年少的时光能够轻易地被泪水的酸楚感洗涤，那么以后的岁月里，你以怎样的姿势在我生命里怒放？这些无法言说的心绪，随你的发丝和起伏的心房，悄悄地扎根在生命的土壤。

闲愁浓缩于一纸文字，尘身终会消散成一抔黄土。用心互相依靠的岁月中，带着时光里轮回的想念，低低吟唱；

北风乱，夜未央，

你的影子剪不断，

徒留我孤单在湖面，

成双……

　　漫漫天涯，真的有无法泅渡的沼泽，今生，只能用一盏菊花茶陪半阕清词，蓦然回首后：爱，只是一个人的浩浩荡荡。

第九章

夏夜，独行

我居住的地方不远处是一个公园，公园的外面就是三环，城市在扩张，土地在缩减，也许是为了改善民生，在北郊划了几百亩地建造了一个很大的主题公园——古徐广场。其实这片公园很早前是农田，金灿灿的水稻和麦子被钢筋水泥压在身下无声呻吟，喧嚣的噪音掩盖了人类无法听到喘息，几十年前在这片农田里寻找的童趣再也不复还。

吃完饭后去散步。天黑了，街灯在黑暗中显得那么刺眼，天高云淡就是一个词儿，漫天星辰在流动的车灯下显得那么暗淡。所谓清辉只是诗人描写的景象，很多被污染的城市里早就没有了净土。身后的小区渐行渐远，再穿过这座公园里的竹林，很多春花也早就败了，葱郁的树叶和茂盛的草坪在小道两旁葳蕤，忽然的就想起了简桢的一句话：如果以飘零作归宿……

花自飘零水自流，倘若真的如此，不能还原的过去真的是千般忍耐的轮回。

三两行人走过，多是呢喃缠绵的情侣和矍铄的老人，如我这般中年人独自闲逛似乎有点不正常，橘黄色灯光把高大的树荫投下一团团黑影，白天蛰伏的动物也变得活跃起来。自然空间被压缩，20多年前留下的欢声笑语真的荡然无存。水泥路多了，田间小道上的蛙鸣和稻花香也只能在"西江月"中去寻找，唯一丰泽的水草也许没有现在的景观树那样让人讨喜，只是很多不舍和怀念被老一辈人时常提起，得与失的正比只能有后人来评判。

穿过公园的北门一直向北，想寻找很久很久以前那些场景，听觉和视觉已经截然不同，直到走出很远也没有一只萤火虫点亮星空。记得刚复员时和同事总是在夏天的夜晚去这片稻田捉鱼，一只只矿灯和自制的小鱼叉握在手中穿行在黑夜的田垄。那是自行车条做成的鱼叉，细细的如木梳，在灯光的照射下，沟渠里的泥鳅和鳝鱼都在鱼叉上挣扎后放入了篓子。那时候的生态还算好,所以每晚的收获比快乐似乎还多些。特别是暴雨后湖里沿着河汊漫上来的鱼在沟渠里自在游荡的时候更是我们晚上出动的时候,那天同事的惊呼似乎还在旷野里回荡。

我们迅速围拢,他一动不动站在一片沼泽地有点颤抖。手中的鱼叉停滞在半空,鱼叉上一条一斤多重的黑鱼还在有力地摇动尾巴,大家不明就里,同时把矿灯对准了他。

顺着他的目光下移,泛浑的水面上一截带着白点的粗长物体缠在他的小腿肚上,细细的尾巴在水面扑打,白黄色的斑点让我们瞬间毛骨悚然。

年龄稍长的老祝大声喊了一声别动,手中的鱼叉在几秒之内顺着同事的脚踝插入水中,鱼叉挑起的时候原来是一条约二斤重的鳝鱼,有力的尾巴缠紧竹子做的叉柄嘎嘎作响。我们都惊呆了,在湖边长这么大第一次看见这样变异的鳝鱼,黄色的身体上白色的斑点让人恐怖。

只是几年之后,农田大面积使用农药,我们快乐的夏夜也就此终结。

一阵蟋蟀声打断了思绪,再往前就是绿油油的稻田了,现在郊区的菜农拆掉一座座大棚重新种上了水稻,也开始在稻田里混合养殖。只是如今再也不准去喷洒农药，全部使用养殖场的农家肥。稻田里养着螃蟹，沟渠里放养的草鱼自由自在游动，久违的萤火虫在夜空下闪烁，星光亦失色。

稻花香里说丰年不再是一个传说，几十年后再见这样的场景不由得心中一动。人类总是用半世的苦才能珍惜眼前的拥有，我们少年脆弱的青春都留有过这样的经历。曾经的奔波和执着被时间提醒之后，清贫和富足之间的信念不会被现实诱降。你得到了又怎么样，我失去了又如何？

为一个虚念，何必疯狂。

索性坐在田埂上，过去的同事和远方的人都在夜色中清晰，人生变数太多，贪求的越多也许就越痛苦。记得那年回到故乡去办理养老手续，那个叱咤风云的人事科长竟然已作古三年，那是一起在夏夜里抓鱼的同事，狂傲和自得的性格总让人敬而远之，当听到他病逝的消息却不由得一阵惋惜，生命的终点上，原来也只有早去迟归的人。

星星在窄窄的水面上眨着眼睛，夏风把春天吹尽，这条沟渠上游的航道还有离岸的人。

那千里江陵呢，东流的江水绕过你的城，承载的舟早已落帆。夏夜独行没有寂寥，人生的跌宕比比皆是，新与旧，轮与替，浩如长江。

　　流年里的寡欢都成笑谈,只是此刻很想捉一只萤火虫放在那只玻璃瓶里,带你一起回家。

第十章

一地杨花柳絮飞

早上风很大,白色的柳絮漫天飞舞,风在吹,花在飞,迷了路人的眼,乱了五月的节奏。

昨夜的烛火照不亮别人,却燃烧了自己游离的思绪。五月不会把夏天看成对手,小区拐角处杨花湿漉漉的聚集在路边,白色的潮湿有点萎靡。那是花吗?那是一条生命的路,飘摇着岁月和尘埃落定,各种花竞相绽放,樱花谢了梨花落,小草茂盛茁壮。五月阳光把一切沉闷的活力都激发,打开窗子,红色的五月轰烈的花事在风中蔓延，在小区里散步，这样的景色让我常常走神。

身后多了一个影子，看来阳光已经升起。

温馨的四月已经走了，从外地回来时一些自由的乐趣开始淡去。文字被行走的激情催生，隔绝的季节终归会有一个新的出口，含情的笑和温柔的话抚慰孤独的灵魂，如风暖的扑面。杨花散开雪的洁白，这时候一切都是空明的透彻，青草、杨花，还有茶花点缀的家园，所有的幻觉和期盼都在此刻抵达。

常常想，人的一生中没有什么永恒，坐化的肉身也不一定是菩萨，只记得真实的你和慈爱的双亲。尽管冬天有寂寞的告别留在沧桑的枝干，焚香后祈祷的圆满足以成全简单的愿望，寒风中解开的外套披在你的肩上温暖过一生，仰起的眼神在寂静中留下五月的炽烈。

柳絮在飞，剖开季节的外衣，有一个宽阔的胸膛拥抱家的温暖，星星的晶亮照亮很久的黑暗，三月的指温滞留在发丝一般的枝条上。柳树开始成荫，在河的两岸可以测量的是距离，而两颗心贴近的时候还有什么能让人感到惧怕？圣诞焰火下北方的池塘折射过七彩的梦，那样的光华留在你生命里，有些话悄悄地告诉春天：欲速不达。

走过很多城市，开始厌倦城市的繁华，山里的草木和一簇满天星都是惊喜的留念，从冬天再回到春天，我们的从前都写成后来的日记。春雷回响的夜幕,蜷缩在角落里的恐惧记忆犹新,颊上潮湿的痕迹和孤单悬挂在眉尖。原来等待的含义就是分离,皇天后土构成的世界在生命的终点给人不同的归属,有幸福,也有孤苦。家是一个象征,却需要一生来构建,如果人为的苦难形成最终的结局是遗恨,一地杨花堆积如何面对飞舞的柳絮?飞翔的形状盘旋在命运的天空,纵横交错的旅途上一个点,被目光锁定。

缘分的身影穿越过古老的回廊,从边城走来,在烟雨中跋涉。不问你从哪里来,却知道你往那里去,命运的真相一旦被看透,谁还会抗争?当脆弱的心不如野火烧过的荒原上那些卑微的野草,破茧与浴火都不及一棵草的重生。闭门自封就像玻璃缸里的鱼,在一个狭小的空间感觉到窒息的滋味。

青春轮廓已经改变,多年后我们翻起以前的照片,呼吸间的停顿不敢双目对视。少年真是被时光摧残的吗?在一个眼神里彼此看到真实的自己,流过的泪被枕巾吸干,孤独不再是午夜的徘徊,融入五月、露出的笑容再现熟悉的曾经。

走过这条路,脚步永远赶不上思绪,如果道不同,相谋的永远是个错。青春的感情不计后果,一旦拳脚相加时也就后悔莫及。当温情在时间里跌宕,春花秋月也就是冬天的终结。

守住内心的信仰,留下岁月的平常,一条狭长的路延伸在目光尽头。一双手拈起沾衣的飞絮,阳光缕缕洒在树叶,还有一些光线穿透迷障。

搜索时间的痕迹走进重逢的光阴,些许苍凉被五月驱赶,写一生与君欢。原来时间从来没有老过,苍老的只是等待的心,守着季节,也就等到生命的恢宏与盛大。

第十一章

缀千尘，枉负竹马误青梅

你在我的故事里，永远走不开！

古老的传说留在羊皮卷上，日子和时间缓缓流动。小时候咸菜里的苦味如今回味起来竟然那样的留恋。一盆青菜豆腐汤飘起的油花让我馋涎欲滴，几碗米饭清清白白，就像我们生命一样没有半点污点。看着我们狼吞虎咽，父亲摸出一支烟纾缓自己吃饭的节奏，少不更事，到如今才想起那时父亲为了让我们吃得更多，用一支烟来打发时间。

趟过时间的河流，却躲不开汹涌的暗流，关闭轻信的窗口让青春变得世故，所谓成熟却远远敌不过老谋深算下的处心积虑，三尺高的头颅被现实强按，一次次反思成为重复的伤痛。是命运决定了性格还是性格决定了命运？幼稚的轻信和少年义气让自己进退维谷，如果没有亲人的支撑，有些不可挽回的悔恨也只是一句覆水难收。

有一双手还留在多年前的额头，仰脸的笑早已模糊，只有泪光驱逐这些不该来的噩梦。如果侵入的雷同能改写伤痛的历史，我宁愿陪你颠倒黑白。很多回忆是一把刀锈在心的夹缝不敢拔出来，怕整个身体都如冰裂，碎成无法复原的残缺。

强制自己不去迎合某些虚伪，内心的感觉真的欺骗自己吗？融入骨子里的血液囊括一生的回忆。那时的桃花随流水，甚至在小巷悬挂的夕阳都被气候改变了颜色，蜡染的蓝布挡住了余晖，一段初恋被无情夭折。

关于少年，关于爱情，没有任何预演的脚本，所谓地老天荒也不属于那个年龄段。有人丢下誓言走了，没有真诚爱情就会全军覆没。当你在四月那个普通日子里偶尔出现，一身白色的衣裙和日记一起泛黄时，撕掉的那张纸写下分离的结局。有人说爱得太深，总是见到伤痕，从烽火戏诸侯到吕布戏貂蝉，三千多年后谁能戏了红尘？当我们在历史的转折点再回到现在，转角处遇到的爱也难超凡脱俗。

　　太多的初恋都是无果花，能留下的也就是一季凋零的叶。永不回头，跟着信念去流浪，一个怀抱到一个家的过程需要倾尽所有来完成。理想和现实交锋，有很多激情被时间消耗，爱的坚守比生存更残酷。青春的遗憾是能力不足的屈服，到如今相遇的人一旦唱着相同的歌谣走来，点燃内心熄灭的火焰，潜伏的愿望和不甘被懂得碰撞，才发现忧伤和沉沦是痴傻的不值。

　　那一天，我站在古老的寺前，攀越螺旋的阶梯命运也跟着一起盘旋，雨下得很大，有些脆弱的花蕾纷纷落地。那是春天的逃兵，等不到花开时便缴械，只有你在身边微笑，撑着伞说着春天的故事，季节变换后唯一的支撑，让蹙起的眉峰开始舒展。

　　不能挥却过去，宽容的微笑留在明天的路上，揉烂的日记随记忆枯萎，后来的桃花依然鲜活如故。无情赐予的眼泪不要再流，把握的未来燃烧成三月的桃红，让走过的季节不再是一半的冬天，一半是三月。

　　时间最是无情物，触摸不到，却扼杀了所有，拥有的人生除了幸福就是痛苦，在抉择之间彼此承受的艰辛真的微不足道。四月的电闪雷鸣让游人躲进了回廊，和他们相比，我们少了恐惧，多了从容。

曾经走过的日子，眼泪冲去了伪装，变得更加感性，说起童年生存的艰难，烟灰缸上堆积的搓叹让目光都变得柔软。拥抱让爱变得理所当然，生命的依靠在余伤里取暖。

幸福被忧伤成全，自纠自省后，少年的倔强也留下了很多错。当我们都逃离无奈的悬崖，梦的孤影迎接明天的曙光。或者，有些梦永远戴着面具看不清，在匆匆醒来后韶华已去。

三月是一个完整的昼夜，那支竹笛在响起的时候，风的节拍应和快乐的质感。誓言谱写的曲调延绵在起伏的山峦，一夜杏花雨润泽春天的花蕾，走过的日子重叠成幸福的另一半。

依存的点滴写满桃花笺，悲伤已经溃败，拘谨的陌生浮动熟悉的光影落在眉骨之上。午夜压抑的抽泣不再堵塞。那些年，我们一起走过的日子，不再是后来缘尽的绝唱。

第十二章

醉里挑灯看剑

不敢写李白,也不再思离别,怕长醉不醒,唯饮者留名。想起济南"二安",除了易安的柔情乡愁和国仇家恨,更是喜欢幼安稼轩词的豪迈。七尺男儿铁骨铮铮,用生命的豪放谱写人生的乐章。当外虐入侵,家破国亡的危难时刻,那一把青锋剑刺破寒风,斩杀敌酋,把爱国的热情在词曲里挥洒得淋漓尽致。

无情未必真豪杰,多少年后我在他的《破阵子》和"书东流村壁"寻找他一生的足迹,再次感受千年前这位词人婉约的情怀和慷慨悲壮的词风。击剑而歌，踏雪而行，长风万里，边疆铁骑，血泪的相和打造一个剑与火的时代，婉约里的伤古怀今在一碗酒里畅饮。词里传情，他剑挑边关时的能量，用词人一腔热血展示自己的报国之志。那一碗酒里溢满了爱国的血液，染红了几百年前的夜光杯，即使醉卧沙场，也要马革裹尸还！

中华民族自古就不缺爱国志士，岳飞"踏破贺兰山缺"的悲壮依然延续着大宋王朝一个响当当的名号，让亡国遗民的热血在这样的辞章里沸腾。所有的颠沛流离都有一种归宿，尽管历史的烟云掩去各自的苍容，一隅偏安后的沉沦，最终没有挽救南宋王朝的覆灭。

历城，那片热土孕育的铁血男儿，你扩展的不仅是词的境界，更把豪情壮志抒发成复国的己任，一曲水龙吟，江南游子在什么样的天光下，把吴钩看了，栏杆拍遍，却无人会得凭栏意。我们在历史中穿行，再去翻阅他充满失落而又婉约的句子，在海棠花落的清明时节，帘底纤纤月下旧恨，一江春水怎流尽……

"野棠花落，又匆匆过了清明时节。铲地东风欺客梦，一枕云屏寒怯。曲岸持觞，垂杨系马，此地曾轻别。楼空人去，旧游飞燕能说。

闻道绮陌东头，行人曾见，帘底纤纤月。旧恨春江流不尽，新恨云山千叠。料得明朝，尊前重见，镜里花难折。也应惊问，近来多少华发？"

书东流村壁，是闲适，还是无奈？寻你千百度时的蓦然回首，那人却在灯火阑珊处。"那人"远离喧嚣，遗世独立，而灯火里的稀疏，仅仅是无法征杀的失落吗？边关硝烟未散，却不能圆报国之心。作者以"那人"来暗喻自己的品格，这样的用意当时几人能懂繁华的喧嚣和阑珊后的冷清。

不禁想起那首杜牧著名的《泊秦淮》："商女不知亡国恨，隔江犹唱后庭花。"而那时，陈后主的荒淫无道，尽管他在诗词里的天赋直追宋帝，也逃不掉一个灭亡的下场。

史书上说：妄臣"以刻薄为功劳，谋取自身欢乐，不考虑国家大计，因此朝廷典章败坏，祸患生于邻国，大概也是天意如此了"，当然，这都是题外话。再读辛弃疾，他婉转的侠骨柔肠衬托和隐藏什么样的无奈，报国无门的悲壮最终在他的《破阵子》中勃发。我们在他这首词中仿佛看到塞外的军营和夜幕下的篝火，一碗碗烈酒，为征战的儿郎壮行。

这首词平仄互对，在舒展和激烈中形成了矛盾的统一，一个幻想中的战斗场景令人热血沸腾，词句声情并茂，形象生动地描述了一个沙场点兵时壮烈的场面，醉后无眠，挑灯看剑，一个"挑"字，把一个征杀前的壮士形象塑造得栩栩如生。

这是词人内心世界的完整袒露，醉里和梦里的场面合而为一，拳拳报国志最终成为一场金戈铁马中真实的厮杀：了却君王天下事，万古留名是何其壮哉？

大气磅礴的场面却在最后收尾时偃旗息鼓，梦想的丰满永远抵不上一个仓皇的现实。从雄壮激昂的高峰处跌落，鲜明的对比笔锋转折处，一句"可怜白发生"，所有无法报国的悲叹在这一句中得到了完美的体现。

搁笔时，再次想到了陆游那首诗。夜阑卧听风吹雨，铁马冰河入梦来。这首《破阵子》和同期的爱国词人相比，都有异曲同工之妙。

第十三章

这世界，我只喜欢你

　　站在长城上的那一刻，我瞬间想到：记忆堆砌的心墙，是长城上的那块砖。

　　喜欢旅行，只是摆脱孤独的借口，多年的漂泊生涯让我曾经厌倦了机场码头。江南的四季分明，北国的苍阔，在记忆的落差里寻觅着绿色的植被，杭城内复原的景观真的就可以还我千年。

　　一直生活在南方，温润亲切的语言在潜移默化中改变了乡音，而乡愁难改的悲切只是一个人对酒难欢的失落，甚至在子夜的街头，忽略了自己的容相。时间一晃而过，二十年弹指一挥间，江南水乡小镇里所有的记忆，慢慢在离别之后时常浮动在脑海。

临水雕窗，刻满着岁月的符号，一方栖息地并不是一个人的天堂。疲惫的身影占满夕阳之后，拉长的，是孤独和生命的不甘。挂在树上的绿影，被乌篷船欸乃的摇橹声惹了眼，走过多年，也只是我一个人脚下的空白。

只是时光很短，笑声在仨俩友人送别的喧闹中撞击了浊酒一盏，归乡的心情没有迫切，遗憾，就此漫漫。走过万里黄沙，去过海角天涯，小镇青石碑上幽冷的月色也照亮过一弯河水里的灯火阑珊。浅浅的心事在落定后波澜不惊，原来，天下没有不散的宴席，只是迟早而已。

回乡后侍父母于高堂，近乎赋闲的日子无故惹了愁端。原来的规划只是文字里散落的酸涩，故乡的生活还是属于一个人独守的社稷，只能用跋涉的脚步，把孤独和忧伤来消化。

悲欢离合，月盈月缺，成败之间，丢失的何止是年少的豪情。看山看水，看不透的究竟是什么？一些纵情于痴执，只能交给来世评判。悲喜的拿捏，情绪的起伏，贯穿着生命的主体，文字里的描摹，无法体现真诚的分量。半城烟火的辉煌在眼中期待，怕只怕一念之间，有的人已是天涯。

喜欢跨越北部，是想用苍茫和悲壮来稀释性格里的柔弱，江南雨落如花，滴落的是细碎的温婉。三月西行，五月北上，我希望用阳光的点点金灿蒸发我记忆里潮湿的黯然。那些锦绣如夏花，蓝天是那样的高远，任鸟飞翔。这时候总会感受到生命一种力量的扩张，一座山峰的挺俊可以把所有的心事担当。

这是文字里的社稷江山，风雨披肩，管它浮生微凉。青春的梦，可以着附在五月的蝶翼，那双透明的翅膀，从此是生命的扬帆。

记得鼓山下那棵古老的榕树，盘根错节，想起海角天涯岩石上鲜红的字体，浸淋着大东海汹涌的波浪。甚至想，2000年的兵马俑旁我伫立成一尊冲锋陷阵的操戈士兵，用一腔热血征战属于我的沙场，这时，思绪没有边界，梦想悄悄成章。

还记得大明湖畔那棵挂满灯笼的老槐树吗？风过、似静非动，那个八月所有的风景，在记忆里典藏。如果天涯注定是离人的代称，谁可以在海角，抗争命运的多舛。南海观音立于万丈波涛，可以在我跪拜的祈言里给我祈求的圆满吗？那年，黄海的沙滩非常地柔软，行走在那样的阳光下，有些记忆犹如暗藏的礁石布满了生活的尖锐，总是在一不注意的时候，让赤裸的脚掌鲜血淋漓。海风一样地浸身，夏日，就此清凉。

站在京城古老的街上，天子戍边的皇城根真的是日新月异，在长城北望，内蒙那片风沙可是我仗剑行走的雁门关。古老的城砖，散落的烽火台，沉睡在历史中的金戈铁马，为谁催响战马的嘶鸣，看一个个朝代用枯骨供养。

来来去去，走走停停，总是有些思绪无法在目光里完整。其实，一直想去西藏，用一种虔诚寻找所有的轮回。转山转水转经轮，我转不过的却是心底的沧海，只是想着如何遇见那一双温暖的笑容传递如初的真言。经历风雨后，这样的信念感天动地，难道这一生的跋涉就真的感动不了你么？

站在长城上，合掌默念，一座城市的灯光下，有等待的柔情叮嘱平安的归来，那半城烟火啊，纵是一念天涯，也有临别时誊写的心卷。

第十四章

海 之 恋

　　整理日记，与脚下有关，与心情有关。一直想着写关于旅行的游记却无法落笔。是从南到北，还是从东到西。时间的顺序颠覆了心思的缜密，随心随意，也许更好吧。

　　关于海南

　　父亲的战友转业海南后去了一家国有农场，多年后他们的子女还是回到了故乡，有次他们来家中做客，带回来那些神秘陌生的天涯风情照片一下就把我的目光深深地吸引。也就是从那年春节后，我开始独步天涯。

那是复员后第一次远行，火车叮叮当当地走了几天，从湛江过海的时候，风是那么的温暖。海风带着淡淡的咸味，在一片波涛中听汹涌的澎湃，一种焦急的心情踏上那片土地。海天一色，脚下安静并柔软的沙滩，让我流连忘返，多年后，当我在青岛的海边慢游的时候，往事已不堪回首。

春天的海南已经很暖，那时的三亚只是海岛最南端的一个县城，名叫崖县。很多景观被没有开发，只有大东海把一切遥远成无法抵及的天涯。南天一柱，雕琢在坚硬礁石上暗红的字体孤悬了海外的荒蛮，是"逆臣"被发配后的仰天长叹。万里天涯路，若烟正魂断，如今，椰林在岸边婆娑，碧水蓝天辉映，海南三亚，已是闻名天下的国际旅游岛了。

马岭山，我的天涯海角不再是天的尽头。我可以把思绪随着目光延伸，在一个美好的景色尽情。无法忘记的海南，有我的西岛，有我五指山下胶林莽莽。无惧阳光在夏日里炽烈，那片自然充满原始的景观，很多不再是记忆里的美好。我记得黎家人驯服的猴子在树上采椰的捧腹，也记得那些酸涩的橄榄，记忆的储藏为谁而饱满。

厦门

鹭岛，是一个美丽的代名词，鼓浪屿之波，在少年的憧憬里形成蔚蓝和波动。这首歌一直在记忆中回响，即使从集美过了那座桥之后，我还是不忍回头再看一眼身后这座美丽的城市。如果，有一种喜欢是无界限的延伸，前世今生里的风雨漂泊，我走过的路遇见的人可否给我怀念的理由。

去厦门是因为亲戚在福州扎根多年，初次到达他们住地的时候，有一种亲切的酬笑让我忐忑并感动，鼓山寺的钟声留下告别的余音在梦醒时缭绕。鼓山峭壁上"心归"的字迹提醒着我，也是我离乡多年后故乡的呼唤。急急地坐上去厦门的班车，亲情留在那片榕树下，可我知道，有一种乡情和亲情，在魂梦的迁移里也能朝夕相伴。

福建的围楼，是记忆的圆，遥望金门岛，只为两岸对抗的年代无法品尝的金门高粱，我喜欢那样的烈性，从喉咙直抵心肺的火辣。更喜欢古老的榕树下乡民挂满的绸彩，每个节日的愿望与祈福和这片古老的土地同在，枝丫里的沧桑不为人知，高昂的身躯在沉默里无言。可我知道，那年在厦门，我缺憾的事情太多，有些风景，只能留在记忆的幻想中，犹如不能忘却的经年。

这一站，从亘古的记忆里翻阅出来，无论是婉约和善感都留在影像中。只是在走下来的足迹中，时光摇曳的是惊喜还是从容，是悲伤还是坎坷，一切都不再重要了。

下一站该写那里？我也不知道走过的路能否有勇气再去回首。

但是，美好的东西永远是美好，纵然有些不愿看到的残酷，我依然独步天涯。当江南的景色留住我的身影，尘色已经落满了肩头，吴侬软语小桥流水，只是缓缓流过的三月，十八年的女儿红堪比西凤。当我醉倒在那个城市的街头，把轮回固定在许下的诺言中，独自证明今生存在的价值。

第十五章
知　夏

　　如果忧伤太重，承诺是否太轻？记忆的碎片沾满远古的印记，行走在那样的时光，拥有温情如花气袭人，更知春暖！

　　梅破知春，风暖知夏，如果风可以渡苍，许下的相惜如何突破时光的遥，把相惜期待成阑珊夜鲜红的霞帔。半生烟火笼罩着俗世的苍凉，黄沙碧野，隐藏一世孤独。

　　走在五月，早春的尘埃早已落定，不能替代的记忆无法用现实强行更改一条心路。你笑了，眼角细细的鱼尾纹扬起忧伤的明媚，如夏花盛茂的热烈，把春寒无声的驱赶。那一天，眼角滑落的惊喜带着久已的梦幻成真，陪一个铮铮诺言落地有声，从此把多年的期待用痴执诠释今天的结果。把天涯变成咫尺，把沙漠看成绿洲，所有的荒蛮描摹成许诺的葳蕤，不再是冬月的寒凉。

相知的爱情中很多人都不是少年的憧憬，没有青梅，没有竹马。词笺里的瓶梅寂寞无主，梦里佳期只是苦守的孤窗。而泛黄的照片，只是留照时定格的笑靥吗？我越过尘镜里模糊的光年，在你的夏日里去兑现那时的诺言；生如夏花，死如秋叶。

相知恨晚，而相惜却漫长，云影相互留在眸中走过春花冬雪，誓言拈在指间。在每一封家书里不敢轻易地落墨，总怕一份微离的叹息难以负担。当你的素颜染了三月桃红，花期未了的春痕依旧渲染成唇彩的鲜艳，那一刻，我面对着彼此的年轮，互不相负。

相惜，不相欺，清明的雨留下你婉转的吟唱，我把它当成绕梁的佛音，用一生的虔诚去咏颂。三月，送别的长亭夕阳向晚，火红的霞光悬挂在盈盈的目光之中，归来去兮，反反复复的告别在无法言说的懂得里随意成章，等待雨雾后的天空晴朗，看伊人红装，晨光如蓝。

可是，我终究不敢把所有的美好视作春天的模样，三月的杏花，五月的玫瑰，随六月的夜来香带着逼人的香气暗藏着奇妙的蛊惑。

远方那一双明目如盏,照亮归乡的路途。离家时未尽的誓言在梦的留白处等你着色。太多呢喃的呼唤,不回应,又何妨!当春色消退,夏日就此漫长。

用烟雨做伴,尘烟缥缈处,一把玲珑伞轻巧如画。三尺思绪在时光里摇摆,那场雨,却不再倾盆。沿着伞沿滴落的思念,支撑着无法放下的沉重,打落了心尘。

知夏,不知心,在那个八月西出阳关,却寻找不到消失的楼兰,纳兰叹;人生若只如初见,若初见,又何以是难舍的作别。那个渡口真的是我望眼欲穿的沧海吗?这样仓皇的心境就此在夏日里温然,你不弃,我不敢相忘。

多年后,你红袖相招,一生经历苦难也毫不畏惧,但大彻不能大悟,倾城貌,也不是谋爱的首要。只记得你的好,把相许的默契演绎成文字的纵容。如果,未来的路是一厢情愿的跋涉,我的夏日却因你阳光般的灿烂而晴朗。行于尘间,却不乏于坎途,一抹晶莹与透亮在重逢的眼眸中保留着初识的悠然和澄澈,方寸之间,亦是朝阳。

只羡流云沐长风,左手彼岸,右手天涯。当忧伤成为一种病,只能在没有病入膏肓的时候用快乐治疗。捋顺四月的一切,整理五月的思绪,大湖落日里看夕阳西沉,在铮铮誓言里执守一份生死相许的诺言。把过去的忧郁在懂得里开怀，所有的爱都会遵循那份心灵的指引。如果，今生都是注定的漂泊，那么从现在起，我便把一切都交付给未来的风雨。其中，有你的幸福，而痛苦却与你无关！

杜撰在文字里的故事，永远是故事，唯一可以触摸的是心情。当风儿吹散了阴霾，几十年生命里纠结的愁绪，在一次偶然的阅读中豁然明白。原来，有些情绪受着环境的影响，甚至会在那一本本泛黄的词笺里激昂。生活就像一个表演魔术的舞台，眼花缭乱的令人好奇，谁无意用一双手揭开了幕后隐藏的道具，相视一笑后，就此无言。

那年去新疆，穿越塔克拉玛干，沿着塔里木河一直的向南。黄沙万里，血色残阳，旷古的荒凉如我西行的心境。辞职后，我在那个十月走向南疆，夜晚，库车的灯火在眼前只是一瞬，那时，我只想在还算年轻的土壤里种植新的希望……

当我再回到眼前，细细筛选记忆的点滴，挥刀斩愁，剪除缠绕在躯体上那些烦恼的枝蔓。再次远行的时候，竟有了重整河山的气概，光影摇曳的静夜，有些过往确实不值一谈。

从戎里的报国志，都成了一场遗憾，整装待发的雄心，最终也没有随身影踏上南下的军列，从那时起，我一夜之间感觉失去了从军的意义。当初哭闹着辍学参军，只为《高山下的花环》里一腔热血的迸发吗?"位卑未敢忘忧国"的那句名言,一直留在日记的首页,直到复员后,所有的棱角,却被生活慢慢地磨平。

反思之后,曾经的心动只为一个人保留,五月的心情可以不计,一场流年,只是一部没有上演的连续剧。我在生活中去修改后来的剧本,去酝酿可以感动生命的情节。当你一语惊醒梦中人,再看看走过的路,青山依旧,谁知夕阳几度。

是我愚蠢还是迟钝,那些可解又不可解的表象如今已经无须再解。更不必像那个舞台下看魔术的孩子,执拗地用无知的手去掀开表演者的内幕,直到被赶下舞台……

有些人终究会出局的,梦的惊蛰,在春风后清明,谷雨后,我越过了心坎上最后一道梁。手中的那把伞在雨落之后开合,夏季,蒸发了一季的潮湿。我想的不是一个人,而是那个身形如竹的苍身在生命的拔节里会怎样的长成,陪你站成一世的风景。

思绪很凌乱,怎么会想起脱下军装的那一刻呢?怎么又可以想起你挥别时流泪的样子。相逢意味着离别,即使有不能承受之重,你告诉我无论过了多久,都还会保留许诺时的一腔热血。多少个立夏过去了,今年的阳光下,我可不可以在那片竹林里采伐你亲手栽植的苍翠,横渡苍溪。

灯光迷离,透过竹帘的月光也有点支离破碎,斑斑点点地照在身上。索性关了灯，去酝酿今后的笑声是否还能有曾经的豪爽，敲击着键盘，记录纷杂的心绪，一起收进我即将背负的行囊。

我在想，这个夏天还是会像去年那样的火热吗？一路走过的风景在眼底已经留痕。生命的实质尽管有幸福和痛苦的碰撞，那些轻烟绕梦的小资情调只是无忧年少里独自的浪漫。当无情的现实用近乎悲壮的锋利切割着臆想里的虚无，能守住的还是心灵的道场。站在西峰下我们约定同行的山路，哪怕心有余而力不足，我自虔诚。

第三卷
风碎，雪意江南

第一章

夏至，长风弯月流云卷

六月打点好行装在炎热里出行，我知道这次的远行只是又一次磨砺自己的机会，无论曾经和未来多么艰难，我只是执着地坚信，路在脚下。在一个美丽的誓言里，当我把一切的过往整合成完整的真实，一切都会在此时留下属于许诺的曾经，生死同依。

把相聚的希望推给六月，闰年伊始，粽香延后飘散。等那个初夏后喜色的丰盈满怀，而山长水阔的遥远被春汛已经漫了来路。四月的花红还是念及的胜景，一树樱花，带着浅浅的粉色酝酿了整个季节的美好。绵绵的春雨在阳光执意地驱逐后蒸发了天地间略带朦胧的羞涩，颊上的红晕，还带着三月城南的桃红。

世间的春色总是以鲜艳来饰点，谁说眉间的一点朱砂是眼泪无法冲洗的记号。四季可以变换，长风弯月下，生命的流丹染红了一江碧水。抛了轻寒，浊酒里掺杂了太多的牵念，穿肠之后却也是今生无法化解的蛊。尘身烟火，熬成相思的沧海桑田，真的是无法到达的彼岸？青梅煮酒，带着梦的酸涩，嘴嚼着记忆中可以回味的甘甜，也可以算是安慰，从此把梦付给沧海。

五月的风吹散了阴霾，太阳从东方升起的时候平铺在我的地平线。那时的心愿都因为祈望而圆满，在相隔的季节里悄悄长成为执手的模样。雪寒里清欢，江南地瞭望，一地落花铺满来时的路，遮盖愁绪的无端。

这是千年一梦吗？三月，山花烂漫，回首时再也不是少年轻狂，寂寞是等待的从容，只因为一生托付的时光。倚楼望，点点星光如宝石般的眸，纵然有一些梦无法追加，行走的痕迹里不再去回味痛有多重。

四月轻轻地走过，五月就是无声的一掠，春夏相匀的景色，多了暖，少了寒。西窗外月华如水，多少个夜晚一阕旧词可以恢复那年的云妆。故人依在，三月桃花里的一抹胭脂色涂上你的唇彩，举手间，便圈定了一世的江山。

没有你的季节，素年锦时丝弦渺渺，谁在云水间等待秋来丰盈的笑靥沉落。此去经年，秋红陪夕阳消残，在又一场等待里书写来世的花好月圆。还是把握今生吧，在五月调弦，等你的锦瑟相和，初奏的心曲不再是化蝶里的哀婉。御风而来的五月涂上饱满的色调，杨柳岸上的身姿还是去年的人面桃花，沉醉在这样的场景，不再隔水而望。

夜凉如水，月上西城，一身霓裳披着千年的清辉。骑马而过的少年忘却相隔几千年的时光，奔赴那场前世约定的轮回。一身烟雨，在月下荷塘整肃早已纷乱的记忆，谁笑我痴痴浑噩，把目光里的含义重新读懂，泪洗红装时，流年却已过半。

这是一起共同见证的夏季，走过的征途上，一把同心锁锁住的是生生世世的永远。也许，在这样的过程中我们都无法诠释天涯间曾经陌生的无语，分离的无奈随风飘动了裙袂。然而，有些不动声色的提醒还是在相遇时忘了恐惧，把欢喜的忐忑驱赶苦觅时的悲凉，就此不弃。

这个夏日，阳光是别样的暖，在这个夏日里，长风弯月流云卷。我用季节包装你青春的本色，让执念留于尘，存于世、守于心。夏风弥补春的漏洞，五月，一岸柳树站成夏日的丰盈，一场雨却停滞了前行的脚步。路还在延伸，背影却在迷蒙中模糊。

这个季节留取的春色，只为相逢中许诺的不弃。捧一脸春光如卷，看眉似桥弯，皓齿如月。偶袭的轻寒破了四月的暖，一支烟，点燃生命的火焰。

落红飘落，搁置了春天的旧梦，初夏，缓缓而至。我拼凑不出完整的风景，凌乱的何止是记忆，一湖水光，潋滟那年的涟漪。把一生守成寂寞，夏的热烈也无须追踪，一切只存于对视的凝眸，把目光悬存在欲落的云端。

柔指掠过云鬓，撩动昔日熟悉的心动，入夏之后，心便也跟着入夏吗？只是这场雨颠倒了季节的顺序，把几日前的暖生生地挡在了门外。终于知道，原来苍生里有一种相逢就是告别的开始。不去追问沉默的理由，雨，依旧不紧不慢，却无意浸透纷乱的思绪，叮咚的滴落一曲离歌。他乡的梦是那年伞下撑起的幸福，执意收藏的过往在很多人眼中，成了一个睡梦中的童话。

其实，我知道那场雨像极了你的柔情，带着江南的温婉，纵此时已是天涯之遥，而拂柳的意只交付带伤的雨寒。临窗听雨的静仪兀自从容，一盏茶里品尝的舒安，谁知我一人行走在荒野里，任脚下的雨冲刷思念的沟渠。

你还在等那一袭披尘的青衣吗？雨过天晴，迈起的脚步踏响归途里的回音。五月阳光下忘了焦虑的心乱，征途上步步为营。其实，相知相惜不易，季节里我们经受的冬寒夏暑慢慢变成了亲疏相宜的静守。从没有把距离当成难越的天堑，固执地把那个三月，执守成一生一世的永远。

进了五月，就该立夏了，牵挂已属平常，春天里的不冷不热再次演变成阳光下的热烈：用目光探望着距离，用心感受季节的温度。人总是拿捏不住四季交替的分寸，又该如何相牵走到那个许诺的终点。在同行的时光里适应冷暖的变化，只是，一切都无须追根求源，让昼夜自然分明。

夏至后，绿意不再是三月的吝啬，因为等待的焦急，只在文字里涂上春天的记号。满园的樱花知来意，便及早地怒放了本属于四月的颜色。山寺外，一株丁香像依旧沉稳的心，张弛有度。

就这样在回忆里穿梭，幸福在光影流年中期待一个美丽的传说成为彼此兑现的传奇。这个假日栖息的郊外，墨色点下的心绪将成，倚窗的瞭望中，你是否用欢颜抵消我一路的坎坷。

还能泛舟西湖吗？亘古的约定何惧尘身披了尘色。丁香的紫浸染了你春寒的围暖，依旧是你今生的护衣，一方丝巾，飘逸了江南的神采，西溪的月下，不再苦吟《九张机》。

今夜，在墨色里沉寂，陪五月的黎明哀悼逝去的春。相遇，拉近光年的距离之后，我终究化为雨的身，云的影，相离，却不弃！

第二章

杏花春雨寒

还是那年相似的春风,还是那年温煦的饱满,从春梅绽放的那一天,院落中的杏花,也开了。

无法阻止时间的脚步,一个萧瑟和冷寒被春风推离之后,春天姗姗而来。灰暗苍枯的荒野披上绿色的盛装,归期未有期的瞭望随一场雨落了尘嚣,把冬离时的想象尽数蕴藏在萌芽的期待中。一种安静被季风呼啸穿过,眉眼里的影子,倒映枝头摇曳的春红。

那棵高大的杏花树,无数次带来过春天的讯息,又分享过多少收获的喜悦。我们初识时的拘谨无措只在成长的蹉跎里忆起。三月，倾情的东风伴你吟唱，把一个传奇尽情地演绎。"传"字，是汉字里一个人专心痴执的注释，隔着季节的浅淡，包藏生命的繁华与沉寂。聚散平常，过往悲喜都散落在春风化雨的梦里，任一汀蒙蒙烟雨，泽润杏花如雪的天涯。

听雨的淅沥，心情伴杨柳枝曼舞指尖的轻灵，当年，你站在那棵落英缤纷的树下，望着满枝的青果憧憬收获里的欢然。当远行的背影固执成为独守的梦，庭院深深的午夜谁用一杯送别的酒让我沉醉梦醒。喜忧参半的沉默中，多少次落笔，把世态的苍凉与无奈刻意地带过，只留下这些含糊不清亦无条理的自言自语。

遥远的杏花村，入喉的辛辣中咽下了离别的呜咽。思绪没有断，季节用更替的随意连接最初的情真，墨色提醒的光阴把思念一直开在天涯的梦中。字里无声，静默中重温不合时宜的青稚，誓言却一直留在你的唇间，在轮回中承载早已注定的结局。

又是三月三，你说：那棵杏花树已经含苞欲放，尽管春寒料峭，却没有去年那样的寒色。雨悬在粉色的花萼上，晶莹里折射着阳光的笑靥，朝来夕去的平常与平淡，适时珍藏在岁月中。相逢时的那首歌被反复吟哦，一直唱到地老天荒。

冬天的悼词被时间的笔无意修改，生不逢时，有些错无力纠正。

手心握紧的眷恋会放弃吗？咫尺的距离，相隔的遗憾真的是春风无补？冰冷的字体有寄语的柔腻，清明断雪后，所有的细碎和点滴又在明媚的春光里一一地拾起。

曾经害怕所有不舍的坚韧与追求是一个季节后忘却的黯淡，心情无法整肃，任时光仓促。春，不会永远地逗留，我还在原地坚持自己的信念。多年前的春天，共守的杏花下梦想和希望延续成复醒后的坚持与坚强。那些诺言依附在每一个日子里，生命的阵痛与彷徨，让我们在梦幻般的世界里决然醒悟，即使幸福有泪有悲，毕竟还是幸福！

泪，湿了期待，却多了落寞和醒悟。依然记得，初逢时的喜悦在墨色里延续的真情。偶然的相遇，留在默默无言相行的伴随，没有经历过的忐忑，在温馨的氛围里带着阳光的快乐，洒在眉梢。一个人的天涯，无数人的你来我往，虽然有人的地方就是江湖，依然保留一颗懵懂心地里纯真和信任。耐心等待你的讯息，慢慢迎接一声盈盈的问候，心事轻落在方寸之间，临屏有意，总在无意中多了惦记。

你就在我遥望的目光之外，淡定从容，如花的生命铭记岁月里回首的凭据。目光追随在你身后，一串串寄语和祝福蜿蜒在字里行间，浅浅的天涯，我在这头，你在那头。笑靥如春，可亲的关怀和牵念，冲击着岁月的河流，相约两岸桃花盛时开，就是你我的三月。

原来，真情才是不弃的理由。

有烟花吗？三月的江南如旧，春阳落暖单衣，轻灵的身形感受清风的抚意。看到彼此笑颜的季节，臆想也会在真实的景象里纠正前世的错。婉约温润的坦荡感染少年的率真，文字与生活在现实里各生意象、起伏沉浮。相融于相视，盈握的手心传递最真的迫切，所有的迷茫在侃侃而谈中兑现约定的誓言。

春夏秋冬，岁月渐渐平息，经历的风雨迎来初雪后的漫长，四季走过，未来已是心知肚明，同行的肩在并行中偶生娇嗔，然因为诚挚，总能冰释前嫌。更多的时候我的表情和心性倒像个无知的少年，思念多了焦虑，生活多了牵挂的羁绊，很多事难以成竹在胸，少了稳重，多了浮躁。

人生错过的东西太多，而我们相遇却不早不晚。命运促成的缘会成全美好，无法拒绝的宿命是三生注定。生活的表象谁能坦言不愿明说的隐痛，而真正懂得，只有真爱的人才明白其中的酸甜苦辣，握在手心里的温柔一直想抓得更紧，却在抓得太紧的时候弄痛了你的手。承诺和文字一样都烙在心脉之上，灵魂落脚处不仅有你我共同描绘的家园，还是今生誓死执手的归途。

幸福是什么？是随意和平淡的相守，还是保持最初的火焰照亮一世通途。人间烟火味重，总还是晴朗的日子居多，如果相守就是幸福，即使有阴晴圆缺总还是幸福啊！用信念遮挡风雨的侵袭，手挽手的坚持，看林花春红，云卷云舒。

一路走过，煎熬和痛苦的思念，原本就是必须承受的磨难。我只希望明天少些痛苦，多点快乐。轻易得到的，总归是海市蜃楼里的昙花一现，空花幻月迷惑不了我们的眼，都说活着就是修行，功德圆满时，就是时间也奈何不得。

生命只是一个过程，在这个过程中注定是痛定思痛里真正的醒悟。清明过后，第一场雨打落了盛放的红花，那些遗落在岁月角落里的细碎提醒着明天脚步的从容。从相识到相逢，相知的相惜圈定了今生相思的完整，纵然有泪滴落在无悔的字迹，而最终绽开的，是四月的繁花似锦。

其实，生命的成长都要有代价，世间万物，不辛勤付出，怎能有收获？

第三章

瘦尽灯花又一宵

关于灯花,是黑暗中的光明,也是心中闪烁的温暖。纳兰说:谁翻乐府凄凉曲?风也萧萧,雨也萧萧,瘦尽灯花又一宵;在这样的夜,一粒灯火温暖了几代人。

窗外雨很大,瑟瑟的秋风缠绕着我的失眠。离愁换盏,梦醒不见伊人,醒醉无靠,谁知相思深重。城外葱郁的繁花渐渐地退去了华装,在秋风里瑟瑟成一路昨日的风景。夏日的风逐渐走远,只有偶尔嘹亮的秋蝉在季节的末端挣扎着最后的哀鸣。

此刻，眼前晃动的全是她那张忧郁的眼眸，一种从未体会过的心绪梦魇一般地缠绕着，忐忑，喜欢，仿若回到了少年，让人辗转反侧。

仔细梳理初识的点滴，每一步走下来的过程都在心中留下了深深的印记。因为那么多的相似，因为莫名的默契与等待，一种叫缘分成了牵念的合理解释；默默喜欢，寂然相爱。眷恋的等待中，所有的心事在时间这位老人面前都面临最严酷的考验，佛说不要说，如果说，那什么样的语言都已苍白。

漫漫人生，岁月不待，爱情，是有备而来，还是在不经意的时候悄悄潜入心底？无人能解，无人正解。看过无数的爱恨情仇，经过岁月太多的洗礼，曾惧怕过感情，就拒绝了所有的暧昧。也许，一份遥远的恋情不足以满足爱情和婚姻的方程。但在邂逅的那日也偷偷地问过自己；你是不是就是我梦里潜伏多年的等待。

当我们面对现实的一切，我想；不要卑微了爱情，也不要委屈了爱情，更不要用物质去衡量已握在手心里的爱。所需要做的是通过努力一起去浇灌培育我们生命里这难求的爱情之花。经过世事沧桑，我认为拿爱来换取喜欢，注定是一种失败的结局。爱，必须是对等的，用真心换取真情，物质固然重要，却不是唯一。

也许有人会问：什么样的人才能相伴终生？但很多时候都把前提定在对方一定爱自己，这是俗论也是通论。如果你真心地去爱了，怎么会在乎其他。王子与灰姑娘的故事令人羡慕，杜十娘怒沉百宝箱令人叹息，世间种种，红尘百态，当你在追问对方爱不爱自己的时候，真的也是因为如此爱对方才想得到对方的回应吗？

人都是重感情的，无论他（她）是什么样的人。但多少人为"我爱你"这三个字苦闷了一生，自责了一生，等待了一生。爱不是说出来就可以成为感情放纵的资本，更不要把我爱你当成"郎骑竹马来，绕床弄青梅"时的戏言。

我们渴望爱情，渴望那种被呵护、关心和体贴的温暖，但杜绝为所谓的爱去虚荣，甚至是游戏风尘。有些人脸上写满爱情望眼欲穿的是为什么？他们刻满伤痕的灵魂求之不得的又是什么？空虚的心，寂寞的人总被一些花言巧语所感动，而真正爱着的人会坚守他们心底那份爱的诺言，把一份承诺变成了永远，无论是守望还是相依，就那样默默地守住了终生……

走过记忆的原野，生命绽放了你如初的笑靥。人生只如初见，隐遁了心中流年，一切美丽都留存于今生的记忆，轻言浅笑，息息相依，永不言弃。当这个物欲横流的年代爱的资源如此珍贵稀有，你的展眉一笑，缱绻的温柔，成了彻夜难眠的守候。

爱，有幸福，也有伤害。当我们站在生命中的另一种高度，用阅历中的厚重回忆走过的痕迹，你却是我万般重念里的吻合。这份爱本来就是不期而遇，可遇不可求，更是发自内心的感情相互平等与不求回报的牵系，会有一份怎样的幸福？

爱情和家庭必须根植于现实的土壤，绝不会游离于梦幻之上。寻找爱情也是寻找一种生活的方向，爱情是因为具有美丽和诱惑人们才苦苦的追寻，如同飞蛾扑火，本能而执着。诠释和有定义的爱情，都会失去灵性，成了冰冷摆放的名词。

当你的美丽善良触动了我的心弦，那不屈的坚强震撼了心扉，分离的叹息一度润湿了我的双眸，征服了我内心冰封已久的疆土。太多的感同身受融入其中，如一场音乐会里 D 大调和 C 调的共鸣。我怕被这样的思念刺伤，在心灵深处再次留下永久的疤痕。

依然不会停留追随的脚步，与你相依相随，同甘共苦。爱情如果是歌，我们会用一生来唱响，爱情如果是戏剧，我们用一生来演绎。也许，我们当初的相识没有爱的本意，当爱沿着时光从指缝溜走，我们才发觉这就是爱，从糊涂到清醒，从清醒到不舍。

就这样打开了我固守的心门，一路走来，忽略了无数风景。你就是诗经里侍我与城隅的那个女子吗？在多年的等待中，把静谧的柔情唤醒我千年一梦，两情相悦会绽放出五月的美丽，我知道，这就是苦苦等待中的回应。倘若，我今生的坚持和不变，能换来你来世的回眸，你，是否会勇敢地执起我的手？

第四章

一辈子孤单

很喜欢刘若英的歌,从《一辈子孤单》到《后来》,这些歌一直细心的收藏在空间。很多年前上海的那场演唱会,让我记住了这个来自台湾的歌手,奶茶——刘若英。

"一辈子孤单",这是怎样的凄凉?如果偶然的相遇成就内心一世的柔软,纵然是孤单,也是快乐。

张小娴说:孤单不是与生俱来的,只因为爱上了一个人,开始孤单。

很多夜晚，一杯茶、一支烟，点开那段收藏的往事，心事飘忽也悠远。一个人日子里沉寂的眼神总在落寞的时候多了一种暗自的鼓励。孤单并不可怕，可怕的是在孤单里消沉，在消沉中失去自我。年少时的天性和青春的张扬已经远去，只有中年的专注和沉稳流落在文字的间隙。每个人都可以做梦，可以跋扈的描刻内心向往的风情，更要追寻生活里未圆的梦想。

相识，相离是人生必须经历的过程，如果时间可以回转，旧时的欢颜不再是倒映在水中的朦胧。飘逸的青丝和婉转的笑靥陪衬着青春年少，清爽眉目如一弯浅月，把孤单毫不留情地从心底剔除。遣散那些无由的焦灼，不再担心青春会老去，也不必在意生活里的无情和坎坷。磨难是每个人都遇到的事情，不想因为分离影响自己的快乐，也不用理会情绪的低落，一瞬的颦眉之后，心情快速舒展，只因为那一年，有你！

等不到相见时的归期，也预测不到明天的悲喜，可后来我学会了拒绝；包括一切可以拒绝的悲伤。在相行中相知，在相知中相惜，懂你的心思，怜我的心意，有山有水的江南和北风呼啸的旷野用风传递我们的讯息。把尘身安放在快乐的围城，不因颜苍而移情，不为五斗米而折腰。当生活里无奈的尖锐刺痛我的肌肤，还有一双布满皱纹的手轻轻抚平我的创伤。那些低首平和的细碎不是年少的浪漫,却是生活里实实在在的细节,贴着岁月的标签,不思量,自难忘。

孤单是一种享受,可以在想你的时候去慢慢品味,像嘴里嚼着那年你喜欢的牛皮糖,那是江南小巷随意可见的零食,远远比精致的糕点让我喜欢。那一年我从北方走来,一步就跨过了这份距离的空旷。你撑着伞,一身碎花的裙摆在四月摇曳,绵密如丝的雨氤氲了眸色里的水意。温情的凝视间,一颗心垄断了一个人的江山。

还有孤单的理由吗?从秦淮河畔到同里古镇,从西子湖到富春江,几千年的烟色笼罩着爱的四野。牵着你的手走过千山,江南不再是一个名词、一个符号,而我和你,只是此岸与彼岸之间的一步跨越。剪不断的相牵和理还乱的记忆被目光抚摸成几世的温润,灿烂如锦!

如今,孤单不再是一个可以随意表达情绪的代名词,一场场花开花落,春如旧,人如初。很久以前泛黄的照片再次被捡起的时候,只有年龄中透射的温柔窥视这久远的往事,而窗外,阳光已经是金黄色的耀眼。时光的剪影里,你还穿着那件泛白的裙衫,笑意中延伸的幸福被执手偕老的喜色渲染,纵然立秋,已不觉晚凉!

第五章

开往春天的列车

　　第二次去西安，上车后已是晚上十点。贴近双层车窗，夜像一个倒扣在头顶的黑锅，把天空与大地紧紧地扣在一起，偶尔远处的光亮闪烁，那是高速路上的车灯撕碎黑幕的光线。我一直追踪那个光点，靠近铁路的树一晃而过，一株或者并列的黑影，在远处光线的照映下倏地便消失了。

　　也许，远远看见的闪亮虽然模糊却长久，而一旦贴近的景物即使是清晰的，也只是一瞬。这辆开往春天的列车在夜色下如一条鳞片闪光的巨龙不知疲倦地奔跑。夜尽管掩藏了一些真容,当太阳把温暖送到地球的这一半,我还是在黎明前看清了这个城市隐藏在阴霾中的轮廓。

不再说什么,迎着三月的轻寒向西,向西,那里春天早已来了。去年冬天落在樱花园中的遗憾,在此时将被补偿。

秋冬挂钩,却在春风下脱节,一个春夏的到来,万物已是另一种生机。天蒙蒙亮我在这个古城下了车入住预定的酒店后,才发现随身携带的一个行李箱丢在了继续西行的列车上,里面全是衣服,继续西行的计划就此打住。所幸的是,这里的温度堪比江南,短暂的郁闷便被期待中的景色忘却。

一个冬天,我常常想起几年前路过的那片樱园,高高的黄土堆下埋藏的历史厚重的令人神往。一千多年前,失意中登高向晚的诗人夕阳下的叹息在耳边再次响起,一块青石碑上铭刻的诗句立在三月的风中,诉说着一段盛唐繁华与沧桑。

总有一些景观会吻合心境,总有一首泛黄的诗词牵动了心扉。此时天气晴好,好的让我不敢相信这是边城的三月,樱花园中的行人说着天南海北的语言,徜徉在樱花丛中。

一个人,一座城,而我永远是城市里的游客,很多城市的景色在我的眼中早已不再陌生。每年春天开始放逐自己的脚步,不是为了散心，而是为了寻找生命中一些难以探寻的亮点。那不是简单的旅行，只是把一些遗憾错过的景象重新摄录，收藏在记忆的底片中。

悠闲地逛着，不时地举起手中的相机，灞桥烟柳给带来的惆怅被乐游原上的樱花驱离，一树樱花，柔美的如东瀛的女子。我和几个外地人调整焦距用心捕捉眼中的绚丽。其实，我根本就不会摄影，买这个单反只是为孩子的一句话：你的摄影水平啊还不如我呢。后来朋友说，卡片机是拍不出好的效果的。

其实很多人也明白，一些风景再好也走不进去，它只是供人拍照的景观，除非你用生命与之共融。

正在专心致志地拍照的时候，忽然，身边一个女子操着东北口音问我，"我看看你拍的照片好吗？"转眼看去，我怀疑曾经熟悉的语音是否从她口中说出，娇小玲珑，素面清颜，一脸的真诚和坦荡洋溢着青春的活力，手里拿着和我一个型号的相机。她指着我们共同截取的一束樱花说："我感觉没有拍出它的神韵噢。"

很难为情地把相机递给她，她却笑了："我们交流一下啊，互相学习。"打开回放，她又说："你怎么还用自动挡啊，风速，和天气不同，拍照要求也不同，这时候光线还不好，你要调整相机的光圈和快门的，调至手动挡。"

她的热心让我更加惭愧。对于摄影，我只是会按个快门而已，这样的学习机会，我求之不得啊。她把自己的相机递给了我，开始给我讲解如何使用单反的一些功能。我有点感动了，知道东北人的豪爽与热情，异地他乡，素不相识，这是信任，更是古道热肠。

一株株樱花，桃花和白玉兰，每一个角度和光线如何使用光圈和速度，包括逆光和微距，一个多小时的同游中，我一边拍照，一边听她讲解，受益匪浅。

再次翻阅那年的照片，眼前的树叶已经由灰黄变成了翠绿。雨水过后，风渐和暖，出行的愿在萌芽后的枝条上丰盈。踏青的心事被一树桃花杏雨蛊惑的蠢蠢欲动，春风裁剪的两岸，勾勒着千思万缕的情怀。

相约春天，行走的步履微坚，额头在岁月的风霜里的刻痕，却因季节的笑容而灿。冬天挥别之时，留下的浅寒偶尔侵蚀北方的土地。而江南柳带着阳光的招摇和柔曼，在抵暖的温情里欢快。

秋思和冬愁掩藏在干涸的笔墨，随思绪起伏。又是三月天，春意化开记忆的沉冰，眸间氤氲快乐的气息。这个春天比往年来得似乎更早，关乎于春天的景象，有绿意张扬的毫不收敛。执念攻陷了冬的顽固，把蕴含一季的绿色扑入眼帘。

远行，跋涉，脚步丈量一方山水。走过那片土地，身影在历史的尘烟中穿越关山万里。回首时，纤草青青的葳蕤，已是生命中披满的绿装。春风与谁便，山川万木峥，目光延伸在无际的田园，行期里的遥盼注入笔端，举盏齐眉的欢饮中，圆一场归来的梦。

在同行中有了相挨，三月的雨绝了飞尘，那片桃花变成一块石板上的字迹，于千年的孤立中绽放成一世从容。慕名而来，为一季春风移步，如叠的花瓣从此沾了尘念，惹了心动。

那一天，青龙寺的一片花红衬映羞眉素颜，花相似，人相同，静默中多了婉和，不远处的佛寺梵歌清唱，镜头里聚焦了欢喜的极限。芙蓉桥上临水照影，春波的幽静漾起眸子的涟漪，便把前世今生重新看遍，在千年的古道上不倦的辗转。雨霏霏，倚桥栏而立，一池春水投映着天光下伫立的身形，墨色为凭，即使心苦，亦无叹……

这样的相遇，留在春风苦渡的岸边，生生世世的樱花在三月的水边璀璨期待的欢颜。也许，春雾还有晨起的滴寒，阳光升起的午后，潮湿的空气蒸发多年的枯冷。曾经贪婪的春色总被严寒驱逐，在沉寂的冬日里，只能把美好张望。

就这样走着，一一铭记沿途的风景，春季过，夏灼了肌肤，只是那一树樱花在来年绽放如初的娇艳。颜上的笑靥被季风和着春暖，默念的极处，把自己流放在可见的红尘，将信念置放在四季的征途，于踏行中寻觅旧时的明灿，幽凉放在心底，快乐展示众生，一生的足迹蜿蜒在心脉之间,把时光的浓浅真诚地收藏。

  这列开往春天的列车抵达了快乐的终点,一抹青春的艳丽明晃晃铺展在走过的尘路,人在旅途,春雨在瓣上挂着去年的安然。鲜活的颜色就是水边丽人行走时微阖的唇艳,思念时黯淡,雀跃时色浓。驿站那碗酒在入喉的辛辣里静享归时的慵懒,牵念,在西风猎猎的枝条上摇摆。人生一份痴念,是枝头茂盛的叶片,随四月的垂柳怜取万紫千红。

第六章

江南月,清夜满西楼

江南月,清夜满西楼。云落开时冰吐鉴,浪花深处玉沉钩。圆缺几时休。

看到这首诗又到月圆的时候,明天是正月十五了,过完这个元宵节,马年以一个拥抱的姿势迎接春天完整的到来。夜看西窗,下弦月苍白地洒下一层清辉,罩着寒冷的孤独。静思量,想着江南无数个月夜来临的时候,吴酒一杯,也是对影成双。

很多记忆是梦的影子,陪寂寞附着孤单,有一些情感不再局限于爱情里缠绵。思乡的情绪在女儿每一个电话里调动了乡愁,时间在四季的月色中弹指十年。

一个人赏月倒不如说是在放松一份心情,无边的月色笼罩着自己,慢慢融化心底的压抑。当执着溶进血脉的时候,希望有一个人认同这样的信念,在相同的月色下,一份真情浸入岁月的深处,在圆缺中共守!

相同的场面是记忆中重放的冷涩,圆月,柳影,孤身远离了喧嚣,流浪的是身,不屈的是心!独吟的辞章打发着无聊的时间,豪情在青春的岁月里只是一个浅浅的印痕。即使过了这么久,一帧帧画面都留在那片古老的月光下,随着如今的月色,缓缓地升起。

那一年独自走过的江南,水的清幽呼应着银色的月光。当岁月被时间的笔打上一个个标签,额间的浅壑,鬓角的微霜离我还有多远?杏花春雨,烟笼寒水的景象交替,月光照亮的归程,又何必在多年后黯淡!生命的艰难与无奈,无法用华丽的语言来诗话,抹不去的离愁总在强行压制后涌动今生的不甘。当桃花重新绽放在三月,我只想紧紧地抓住这眼前的一幕,用平生的痴妄去握住手心的温度。那个夜晚,月色也是暖的,温了多年的凄凉。

梦,总是被现实惊醒,犹如一石击破水中月。生活的涟漪荡起的波纹,一圈圈在心湖里扩散,最后复归平静。最初的圆满虽然七零八落却无法摧残，一天天、一年年的留在今生的相望中，在梦里相近，再走进现实。

云月开，清夜满西楼，这样的夜整理过往的思绪，清除沉疴里的惆怅与落寞。江南小桥下流淌的月色一直蜿蜒到天涯，箫声梦断秦楼月，许下的诺言怎么会在水月中遁形。梦起始于秋风，在春光里盈盛，花期正浓的明媚就在同行中同好。

冬的围堵，挡不住明珠的清辉，圆白的玉盘，在四季中演绎了净好，月光纵然寂寥，也澄澈如初。望天涯，秦娥应信别离愁，星汉回，天上人间共悠悠。思念被月色晕染的朦胧牵引着前行的步伐，江南的一切在真实的传奇里再次清晰。那是可以相挽的明天，即使有沉默，也无须说明理由。

今夜，月满西楼凭阑久，遥望天空，再次挑灯把盏，墨色里分割的快乐与哀愁在指尖蘸凉后生暖。桌面上的照片随时地提醒着你的存在；身形如旧，青丝如故。或者，同时想起彼此的时候，浊酒绞杀不了思念的躁动陪如水的月色相缠，冰轮转，聚与散，都是千秋！

第七章

从八月到九月

八月是一个休止符,在夏日的长短里记录每次不一样的心情。

八月埋下的伏笔,是七月离开时无法挽留的结局。阳光执着地炙烤着时间上结下的疤,徘徊不去的夏被早晚的凉驱散,窗外摇摆的香樟,等待秋的蹒跚到来。

再见秋风时,不烈,却温暖。清霜未至,一丛丛菊已开在窗外外肥沃的空地上。我喜欢把一盆盆菊花移植在圈起的窗台下,用清疏的相伴看淡淡的花颜。在轻描淡写的日子里送走春夏的欢场,才明白冷霜造就的傲骨在陶渊明的南山下已经开了三千年。

那年,四月的桃花笑尽春风,八月更有秋的晚歌及早吟唱。每次抬眼相看,眉间洋溢的喜色被秋色丰盈,在我的水湄之畔延续着春夏散落的脉搏,夏天彻底离开时,九月已经抵达我的窗前。

虽然天渐渐凉了,她一样看到我的笑,不为夏离而颓废,脸上还带着切切的期盼。在等一个收获而成熟的季节吗?菊黄蟹肥时,学一回东篱把酒,看暗香盈袖。一丛菊饱满的花蕾在逝去的流光里没有抛弃生长的信念,一颗清淡无欲的花蕾给我欺身的馥郁。

记得七月时,你从收藏的茶盒里捧起金菊,小心地用陶杯冲泡八月的味道。菊可祛火,捻几粒碧螺春放入杯中,那些金黄的菊花在碧绿的水色里盛开,令人的目光不敢移舍。常饮白菊,却不知金菊更可入茶,只能笑自己的孤陋寡闻。捧起的杯在入秋时贯穿了春夏的柔意,而那一包四月的玫瑰花茶,还冰藏在斗室,为这个九月的花事润泽离开家乡的日子没有来得及绽开的笑靥。那时候,长城外的料峭清寒犹如江南的初雪天气,一杯玫瑰花茶弥漫着春天的葳蕤,提醒你秋风折草的边陲还有一盏江南的泉水可以入盏,泽润九月秋尽的入荒。

季节就是一个孪生兄弟,及早登场的秋天有力地把黄河以北纳入秋天的范围。远离的青春时光和成熟的季节有一个无人窥视的反差，夏的胜景早把收获的喜悦委托在下一场薄薄的青霜里。我看到远方你忙碌的身影，一双素手采撷的菊随目光里的柔情入瓮，却把思念压在芬芳的七夕。黄昏后，有归来时的把酒承欢，而过往独守的寂寞在举杯时都是一个人的安静从容。原来，有些人和事，甚至包括那些苦守的叹息都在九月时被拒绝入席，留下的是欢笑，是惊喜。

江南，青瓦黛檐上秋雨淅沥，江北，天涯漫漫，终有一杯酒可以识得故人。当这个九月一个身影带着南方的气息去奔赴这场九月的盛宴，只因为那一坛酿了千年的酒让我可以嗔笑一次浅酌时月牙泉边颤乱的云鬓。把万里江山外的惊魂一瞥鲜活地对视在彼此的眸，你的袖底散发着菊的冷香，用柔软的怀抱生生暖透我行走的孤凉。

北风卷地，八月飞雪的边陲小城一直在记忆中怀念，月牙泉外沙漠的驼铃还响在耳边，鸣沙山金字塔形的沙丘被寒风削了塔尖，枯瘦的菊叶在旷野猎猎，我窗前的菊怎知天涯外满地的萧瑟。离别的定义被四季的颜色不同的渲染，在每一次重复的山河里，天长地久和地老天荒不再是长恨歌里悲苦的自吟。情为秋风君为菊，可眷可思的秋不必用落叶的知意感叹执手的艰难。爱若以朝朝暮暮的贪恋来衡量，亦如春红凋零时残落的苦雨，一季成殇。

还是以菊入茶以蟹佐酒，颜如雪，菊如金，每一朵倾心的采撷都在相念不见的痴执里用心炒制。待到秋来九月，那条铺满金甲的街市上有时光的手擎起心甘情愿的杯，万里黄沙上的驿站酒旗高耸，醉在秋风里一笑，依靠在残阳落尽的东篱扶肩问天，这三生的愿，是不是九月的晚成！

  此时，看着窗外已经含苞欲放的菊花，有风轻轻摇晃着竹帘。那一朵朵金黄，是我静候的秋光，辅以梦的斑斓！

第八章
沈 园 秋 媚

你来信说去沈园了,顺手发来江南故地一组熟悉的照片,在八月时给我秋的妩媚。

你还留在我的故土,一双红酥手再次捧起思念的酒。秋是灼灼的恋,秋湄在你的眼里有我望乡的生成。

多年前的秋天陪你走在桥下,远处茂盛的香樟树有蝉声隐约地传来,那是季节里不一样的天籁,你仰起脸,秀发瞬间就流泻在颈侧。清晰的蝉鸣驱赶着江南早秋的热。此刻,我却忘了秋天的脚步已经迈进了北国的门槛。你屏住呼吸,静气凝神地搜寻着那久违的蝉声,阳光正洒在沈园的题词壁上,满城秋色被眼前的静默阻隔,雀跃的快乐如秀发似的散开……

沈园的伤心桥,只是一个爱情故事里悲伤的流传地,陆游和唐婉题写在墙壁上哀怨的诗句上捆绑着爱情的唏嘘。伊人去,朱颜改,即使多年后他俩重逢,一生的对错岂是一个"莫"字可说?

欢情不薄,到千年后我们行走在这片故园,斑驳的字体经过几代的描摹依然清晰。秋风正好,夏夜的雨打落的悲情淡去了此时的感触,恋恋不舍地回望那株发出蝉声的香樟树,却在不经意的时候一个趔趄扑在我搀扶的臂上。你说喜欢蝉鸣,特别是秋风渐凉的黄昏,那样的声音让你想到了大漠孤烟和长河落日的壮观,只是这样的景观和我们很多次失之交臂。

而沈园的绝唱呢?唐婉的泪不会在你的眼角湿润,当我们十年后故地重游,却没有独雨斜栏上相视的悲哀。青砖镶嵌的白色字体还是苍白醒目,夏季和蝉声一样地渐渐远去,只有归乡的日期一天天临近。我在流浪的脚步里回忆,也在涉水的浅滩里忘了风餐露宿的曾经。当江南草还是春天般的葳蕤,你静坐在草坪上微笑,带着秋天的魅惑,给我归乡的迫切。

一张张翻看你的照片,你瘦了,长发却更加飘逸。记得嗔笑的说起身体的羸弱是因为头发吸取了你健康的养分，而真正的原因只是因为多年来离别的悲戚无数次拍打着黑夜的无眠。秋蝉，秋菊旧亭台，白墙、黛瓦和莲池，眸里的清愁被牵念紧紧地扯在我的手里，忘了秋的惆怅和望眼欲穿的失落。看着你惬意的表情，阳光透过院墙外葱绿的柳树洒在你的身上，一片片菊花开得正盛，心中被虚化的背景不再模糊，我知道，故园依旧。

也许，陆游和唐婉只是错了重复的日期，否则那时候三月的春风为何沾满愁绪，桃花落在山盟之外，红邑鲛绡写不成滴血的锦书。我们幸运吗？一段历史中淹没的残垣在修复后，你的伞下撑起了两个人的天空。

那个成长的季节，祈愿台上，年轻的心里萌发了一片带雨的森林。

眼前，你的身影定格在半倚在湖中的吴山石上，林逋的"长相思"里不再有罗带同心结未成的悲怆，那年我们走过沈园中的鹊桥，也解开了积压在陆游诗词里含恨的乱麻。

今夜，踏月独行，相隔千里的江山外有你翩跹而来的身影，当秋蝉在我的月下再次响起，桂香溢满十月的天空，生命的旋律被你的秋湄有力地渲染。那片保留着我们宿命的土地，你的笑靥还在我的手心捧起，而孤单，也不再提起！

第九章

莲 花 簪

有人说：恩不败，爱不衰，而你的一切都珍藏在我的日记中，即使照片泛黄，岁月老去、文字还保留着青春里最初的鲜艳。

那件绿色的裙子是荷叶下轻摆的风情。少年时，中秋月下有嬉笑的迷藏，西石桥下流动的水影摇动着清凉的快乐。那身碧绿的短裙就是一叶盛开的荷，微黄的发和无邪的颜流露着天真的童趣，你的眸子就是闪烁的月光。

那是我生命里不败的颜色，虽然你是家族中抱养的女儿，但是在共度的岁月里我们都没有把你当作外人。那时候，我想把你当作七月的莲，尽管今生没有宿命的缘，我依然知道你是我今生最好的妹妹。

一世繁华慢慢地走远，青春的背影留在喜烛下的高堂。记得那天你出嫁的回眸，泪水冲刷的粉颜不仅仅是一种习俗流传里的虚伪。当你被抱上车的那一刻，却又赤着脚奔回父母的怀里号啕痛哭，不舍的忧伤笼罩了良辰的欢喜。

你破了规矩，乡俗里说女儿出嫁后是不能上了花车再走下车的，这个被媒人视为不吉利的任性真的就改变了你后来的命运，五年后，你孑然归乡。少年时，你的身世不明曾经让你唏嘘，甚至至今都不知道自己的父母身在何处，当我亲手把你送上花车的那一刻，你流露的幽怨没人看懂。远去的彩车和喜气遮掩了悲伤，那支插在你头上的莲花簪就是母亲送给你的嫁妆之一。

那一天，是国庆，在几天后接踵而来的中秋，月已经不再是从前的那样圆。

又是九月，那一幕场面离今天已经过去了十年的时间，江南的秋还余留着夏的尾音，一树的桂花被母亲小心地采下，屋子都是浓郁的芬芳。苏式月饼里包裹的莲蓉和桂花在母亲满脸的柔情里溢满，归乡的团圆及早成就了节日的气象。也许，世上三千弱水，错饮了终究是黄连汤。

悲伤的季节，电话里总是把你哄成儿时的模样，为一个远去的童年里的趣事笑声朗朗，当你成为一个母亲才明白母亲的牵挂如何断肠。那一池荷，几丛菊就开在你北方的遥望里，秋风委身下的斑斓可以替换那夏花里多姿的灿烂吗？而未来的奢盼只是晚秋初雪后收藏的冷香，只能在亲情的围栏里厮守一世，却无法成就少年的期盼。

其实，做妹妹真好，纵然没有血缘，那样的恩情却不能相忘。十年后的七月，当母亲把那支莲花簪重新别在你的发上，我知道你生命里的光环如那轮满月，在浅浅的笑魇里散发少年的清辉。

与寂寞作伴，儿时折叠的纸船在岁月里扬帆，一些孤单被搁置在粉红色的书简里，所有的故事都没有了思乡时的轻叹。你还记得小时候采过的野菊花，也吟起老宅里入秋后的满庭芳。这是另一种相依可近的亲情世界，然而，命运安排的相遇早已经被母亲的溺爱演变成了儿女双全的虚荣时的笑灿。

命运注定了你是别人眼中待嫁的佳人，你的婚姻被时间做了另一种组合。那支莲花簪被时间磨的锃亮，青春的眉眼流盼着羞涩的心事，从你婚期定下的那一刻，全家人等待的快乐却成了多年后的失望。

多年后，命运的辗转让人可笑可叹，地球是圆的，你的一切又回到了原点。母亲除了叹息和断腕的痛之外，便是絮叨着悔不该忽略你那年的心思，偏信了媒人口吐莲花般的谎言。上帝是公平的，世间任何事情都有代价，而情已逝，恩难断。当母亲生病的整个暑假，你侍奉母亲于床前，那个一别数年后的养女，已经失去未嫁前的亭亭玉立，而岁月只是在你身边绕了个弯，举手投足间还像个30岁的女子。女儿绕膝承欢，你便把她打扮成你儿时的模样。一阕采莲曲，一支莲花簪，娘儿俩眉眼的相似与性格的乖巧，把团圆的曲调唱得婉转悠扬。

再一次对镜整妆的季节，我还是搀扶着你迈向花车的亲人，这一次不再有哭别的泪眼。世间的苦难只是四季自然调节的温度，恩情与恩爱，皆在命运的注定之间。

第十章

风碎,雪意江南

　　风碎,阵阵穿过树梢,一场细雪薄薄的洒地院落的枝杈上,叶片上的白霜凋零这个冬季青葱的挣扎,等待春风的怜顾,蕴一季的盎然。

　　冬近,是灯下对北国凝神的向往,远离江南小城的喧嚣静静把你思量。你知道江南少雪,只能把一地月光当作初雪般的纯澈,随一夜寒风洒落在梦幻的枝头。凝注北方那场雪到来的季节,凉散燥热的浮动,梦里未曾触知的禁地是我目光里久久的寻盼。

那时，朋友带你参加的一次聚会让我们有了初见的欢喜，只是曲终人散后很久没有再看到你，日记里流露出婉约的心语只叹相见恨晚。打听你的消息，费尽周折讨一张照片，盈水的眸子是天空般的蓝。柔顺的发丝乖巧地贴紧细白的颈，纵四季变幻，触目的素白终究是梦里的一抹曙光。

半年后春末的午后，你我的手有了小心的触碰，青春的目光在对视间多了羞涩，你更是惊若蝉雀，瞬间收拢了自己的羽毛，含羞的表情隐藏了眉间闪动的心事。即使每次电话里偶尔的问候，也带着小心翼翼的胆战，写满的心事牵系在你清晰的轮廓里，相思忽隐忽现。

像春风一样攀附着有你的季节，将驿动的心事暗藏，随你展眉欢悦，流水般的日子在岁月里静抒。汹涌的感情覆了梦的方舟，真的怕在初识的喜悦里，无意的唐突把你惊吓。

你的今生曾是梦里怯怯的祈望，风花雪月带走的季节用每一种不同的颜色把你珍藏。柔情留住偶现的笑靥，保存只如初见的完整。沉暗的烟光下，烟头灼了指，把酒疏狂图一醉的失落里思念总是空洞的游走，柔柔的心腔，噬痛我憔悴的张望。

这一切我相信你不是无知无觉，任我将身后的时光堆积成了沉重的怀想。等待一场灵魂的拯救，纵梦残，心也阑珊。等着缘分的裁定，漫长的等待中何时把你融进我的生命。那个不胜酒力的夜晚，我无助地叩拜你紧闭的心门，可知窗外的月色辉映了卑微的苍白？

三季已过，我的世界有七彩的斑斓，眸光中留驻的是你的憨甜。细语如绵，随你辗转后在北方的那一年，终于见到初雪的点妆。恒温般的执念化尽了心头久久的积雪，眉峰之上，落下你轻怜的指柔。

一起同行便懂了心意，往来的岁月酿就生命的醇香，如潮的情感漫卷心海的堤岸，看尘烟飞扬，你的热情终算抵消了那一年北方的寒凉。指尖的暖随你一起温化生命的苍薄，哪怕在不可预知的岁月中再艰难，雪藏的心事也在冬雪里饱满。

在北方的那段日子，你放弃因为怕冷而提前回乡的决定，用一杯酒驱寒，绵密的心音唇齿留香，烈酒入喉，膨胀的血脉欢畅了激情的流淌。倾城一笑换我一醉，酡红的颜在雪域之地留下快乐的时光。每一个夜晚痴痴的眸浅浅地罩住久候的痴狂，踏破尘世，为我姗姗而来的步履在后来雀跃。

三月，南方的春天已经到来，短暂的告别后，你的秀发是千丝万缕的牵缠，又多了等待的漫长。枯了相思，厌了离别，怕这份爱成了红尘中又一曲绝响。恍惚的猜忌撩动枕畔的愁怨，无尽的缠念扰了表面的平静，断续的无语和沉默的表情在一支红烛没有点燃前多了担心，怕随着季节的更替，那最初的热情也随时间递减。

等待真的是一种煎熬，记忆中的誓言一直在心中铭记。那一次北国之行承载这逾越千里的情感，在爱的旅途上，前进的足音是否翩然。收了遥念，思你此时忙碌的清颜，唇间干裂的憔悴不再萎落记忆的丰润。朔风卷雪，让我的身影踏平你前行路上的雪障，为春的到来铺一条平坦的康庄。三生聚集的温暖编织成厚厚的帷帐，任雪虐平川，爱也抵寒。

一次次等待，一次次怀揣不变的梦想，梦里梦外把一段段真情积攒。待春来，携你青梅煮酒，倾杯一醉，胜绝人寰。

瘦思量，窗外风透帘栊，喃喃自语，指尖舞动无弦的弹唱。额间的皱纹在披垂的发下掩了沧桑，我于江南静静地凝望，仰首频念，终于等到你幸福的回应。今生同绘的画卷是完整的期待，更不会被无情的世俗裁成支离的碎片。

雪，终于铺满亭台楼阁上的顶檐，覆盖了瓦檐一道道如眉骨般的沟痕。回忆那年冬天相同雪色的回廊下与你并肩，围颈的紫巾上，有我呵出的雾气，结凌成霜。

是夜，不胜酒力，一段浪漫的回忆，为那青春岁月里潜藏的心事成章！

第十一章

朝朝暮,羞眉如黛

忍挥手,弃了初念。

秋正酣,初冬欲雪,梦里的湿地不再是春光下的葱郁。折柳无翠心似秋霜,一波碧水倒影布满萧瑟的苍黄。忧念竭殚,寒鸟鸣,水烟碎,乱了婉转。

行程苦长,独守的夜冰冷的衾在离去后不再掀起红浪。冬眠的虫无力苏醒,心若沉石,是三生的凉。胭脂泪,乱了红意,回望前尘,曼妙的意惹了乱尘飞,执着的念空留不回。每一次简单的团聚后不愿挥别，不忍离去，夕阳下凝神的背影伫立湖边，心事纷纷。

我若离去，回温你光辉的语言，那些共同走过的岁月是生命中难以磨灭的印记，清婉的歌吟会在四季中不绝，行走的纤姿停留在不变的梦寐。初雪的寒碎了执望的心池，薄雪上脚印蜿蜒的蹒跚是冬天一个人的身影。行走间，白色的世界裙袂与雪色相融，寒烟翠，飞鸟掠走了黎明的黑暗。走在西域，沿途凛冽，荒原上不尽的悲凉，叠合的心事被寒风屡屡摧残，幻想的江南静地又有多少被俗世的晦暗灼伤。季节中堆砌的过往留下我虔诚的等待，为你我故乡的湖边只留下残荷空蓬的守望。这一程，决意追随最初的承诺，哪怕遥而无期。

为这个惨烈的冬做最后的准备，你的去处依然是最暖的约定。梦里梦外跋涉着艰难的步履，看九城之外，月色的冷辉晕染你憔悴的疲惫，而宝石的眸子如星光一样终会指引我的来路。那个夜有你白衣飘飞的迎候，只因你在我目光能及的尽头含笑招手。也许、你的呼唤是人间最后的一丝暖意，在朔风卷雪的高原，你融于天地，终似傲立的雪莲。

把你的沧桑挂于山川，已是尘寰最好的风景，把你的羞颜温润着色，堪比人间四月天，眸光的去处是否就是你食指轻点的江山？削弱的肩头为我披一层雪花，是夜，驼铃引路，遥远的荒原上有马蹄声声，几片片飞雪真的能把春色占满？奔向你辽阔的高原，泪的轻盈变成明年春的泽光？

相逢意，三世婉转，狼烟尽，雪盖苍茫，一季的寒驱不了三生的暖，残雪消融，把希望与心同渡，剪一朵白云充盈天空的孤单。越过那季寒雪摒弃尘念，淡泊的心结一个温馨的家是一个叫心城的地方。忘了凡尘，晶莹的寄托圆熟那颗古老的忧叹，恋尽花期，终结漂泊的四季。七月，采清荷为羹，一片清凉随你妖娆的心动，围揽岁月的心仪。

遥忆江南，尺素铺情，心痕蜿蜒于指尖，青春的颜带着怯意，行走在梦的两端。微露的缱绻是欲拒还迎的惊奇，为你写诗，染一份真情拢聚冬的暖意。暮霭笼罩了迷离，独自把盏浇愁的日子从此翻过，用一个夏天笑声温润心底的记忆。那日，你渐行近，才发现旧时写下的诗文只是为你倾情，目光凝滞于一纸墨痕，字字裹挟了魅惑的冲击。季节的交界处续今世的缘，用三千青丝为线，在今生缠绵。

内心的牵系留下无言的盼顾，眸光如炬，点亮旅途的黑暗，而你的眸子里浅露的笑意都是三世约定的归期。渡今生于彼岸，看一世花开的璀璨用清泪洗净风尘，晕染一帘的月，掀开闭合的心窥视举案齐眉的春色。意阑珊，嫣然无限，伴你行走的路上娉婷如莲，朵朵摇曳在心池的岸，将孤傲的艳摇摆出百花难抑的春红。

　　朝朝暮，羞眉如黛，重逢时雀跃，徜徉在西溪湿地的那些日子，参差的荷花有出淤不染的清绝。撑一片绿意，层层绽放的荷在风雨中无惧无怜，面对游人更无刻意的承欢。那一池荷花前在俯视间有蜂蝶扑翅，而你的表情冷漠得如荷塘下的一池月色。

　　暮色入楼，宝蓝色的眸和夜空里的星光相映，晚霞已被收入了帘帷挂做了喜幛。温情的夜摘几许寒星点缀梦的斑斓。守你与红尘，恋你的暖，在涅槃的浴火中朝暮相伴，看你羞眉如黛，温前世的婉转！

第十二章

不说，也不忘

  一个人的时候，不想再回忆经历的沧桑，谁也不想做生活中的祥林嫂，藏起自己，也少了被同情的烦扰。

  其实，人在很多时候都有性格中的纤弱敏感，接二连三的伤害让自己像个蜗牛，一有风吹草动马上缩回厚厚的壳。爱嘲笑人的摇头的说过：你也只能在我面前像个斗牛士，可惜我不是牛！

  有些提心吊胆的惧怕等到习惯了才知道自己性格里的懦弱和坚韧一直在交锋。一个人在外的日子太久，几十年光阴生就的性格不会因为某件事情而改变。步入而立之年开始劝慰自己，习惯能习惯的，改变自己应该改变的。

十年后，你的泪软化了我的倔犟，夕阳的余晖依然落在我明媚的眸子中。回到故乡的第一个春天，一树的梨花如雪，雨已经开始把冬寒驱散。接受春雨的洗涤，我知道自己原来很多人情世故都不懂。流下滚烫的泪也许能开辟一条新的路径，我沿着你指引的方向，去纠正懵懂的过往。

简单的一句话，往往需要很长时间去领悟，两个人一个家却需要一生去经营。拥抱不是恒温，就像一些热闹和繁华只是属于喧嚣的表象。面对面的生活，其实不需要张扬，身边的很多人来了去了，生活里很多人爱了散了，一些视为骨肉的兄弟，也会忘了淡了，我只能守住你的温暖，用信念来给冬天加温。如今仔细想想，所谓淡泊，所谓空灵仅仅是一些人刻意的装饰，直到那天聚会结束后，你端起已经散去热气的茶说："茶泡久了，其实苦涩里方有回味，只要你的心是热的，茶永远不会凉。"

多少年了，你一直躲在我的繁华之外默默地看着我，直到曲终人散时你还在那个角落，平凡得如被人遗忘的星星。一个平凡的世界和平凡的你让我重新审视我们这些年走过的日子，原来你一直处于繁华的寂处，等到散席后的同行。

我们都不合群,天生的怯懦被一些无意的话就伤害了自己。十六岁在中华门的城墙上懂得了思乡含义,余光中的乡愁让我满面泪流。那时候开始集邮,想找到一枚邮票上相似的一句话:我在这头,你在那头。

等我知道《窗外》,《在水一方》的电视剧开始家喻户晓,在水一方的故事在一场烟火散尽后模糊了少年梦。把三毛的万水千山背在行囊,我的撒哈拉是世纪交替时趟过的塔克拉玛干,当我回到江南的运河岸边,你的眉弯不再有江南小桥的残雪。

灵魂里的清幽可以肆意,我的异乡从此多了一个人的风景。依然在目光里独行,岁月的静好中不说你的妖娆。异地他乡独自承受一个人拼搏时的艰辛,你的容颜在桃花落雪时候被冰火缠绕。冷暖交叉的心境真的是一半海水、一半火焰,这是你给我深深的感触。未来的日子已经不再一个人行走,这条路上有你步步相趋。我的奔波是亲人的最痛,你的爱却是断肠的解药。良辰锦时,多年前一些话还在耳边:我们的生命都是孤单地来,告别时,我们一起走!

这些话,比海誓山盟里的生死契阔更实在,一个人来,两个人走,足够。

不说,我也不敢忘,也许远古前一句君相知就是山无棱的江山无竭。所有的感动和缠绵在爱情的催化和升华中得以传承,当我远行时想起属于我们的点滴,红尘里的纷纷扰扰付之一笑,每一次短暂的团圆都有携手并肩的笑傲。

可以寂寞,再不去言说痴望里与清夜为伴的孤单,一帘落寞说与乡愁。远离一支烟里燃烧的欲望,却不知道一种蚀骨的念,才最伤身。

在立春的光阴里寻醉,故乡、小桥和你组合的画面此时充满了蛊惑。十几年前的景象被再次翻阅的时候,一首老歌唤起我内心战栗的思绪:

忘不了故乡,年年梨花放

染白了山冈,我的小村庄……

电话中我似乎看到你明媚中难忘的表情,不说思乡,昨夜春风里、一大片杏花和月色一样绽放在窗外,你的发已如瀑布般在白色的枕巾上散开……

再回故乡,杏花春雨时,江南、夜未央……

第十三章

冰火两重天

那个夜很冷,零下 18 度,把远游的寂寞都已经冻结。

华灯初上,遥远的边城不再是旧时上苑里的花月春风。在词意里囚禁的心,等你的爱破冰。

一场春天的盛宴在立春后隆重开场,生于北方,活在江南,都市的阑珊依然耀眼。江南的身影滞留在跋涉的高原,那些冰与火的复叠如同尘世里的艰难:原来,生活有多少笑,就有多少泪。

这是"楚辞"里的路漫漫,也有"秦风"里的道阻且长。少年爱书，却从未想过今生脚下的坎坷能与文字接壤，风雪留衣这个词是不是太旧了，只在文字的疆场把春天仰望。内心走不出风景的蛊惑，有些事也不能用文字里的情来做解读。一条路早就由命运安排，每一条路口都有擦肩或回眸，包括一种相遇也不早不晚。

我记得来往信笺上青稚的语言，在你手掌翻阅的信封抚摸青春的羞涩。如今多年过去了，你早就看到大寒退出后东风的笑意，雀跃的表情传递着另一种消息：元宵节前，我们去北方看雪。

冬天是漫长的，留在边城的日子很快一晃而过，拥别时，七彩的灯火下都忘了告别前草拟的寄语……不说再见，我在春天等你！眉梢融化的霜结成冰帘留在大唐慈恩寺的喷泉广场，当我们重新回到江南，眉间悬挂的记忆是心中常在的欢笑，昭示永不言退的圣洁。也许，那段回忆早就揉在你夏天伸手接捧泉水时添了游览的醉意，却无法窥视冬天告别时恋恋不舍时的默默不语。这样的季节，很多人都蛰伏在温暖的家里，无人注视元宵节寒夜古老的荒原上有春晖随风潜入。

雪正盛时，那个夜晚的烟火在暮色下炫目，相拥的身躯留在回廊下不再有彻骨的寒意。冬雪纷扬，迎接时整衣耸肩的轻松被一种不舍扑了满怀。等到二月，你会随风去我的江南……

晶莹的雪还是儿时调皮的模样，落在脖颈，笑在眉心。红色的灯笼在雪地上摇曳的光影甚是诱人，而少年时，简单地把白色都看成康庄的路径。没人在身边提醒，以至于多了不必要的挫折，多少年走来走去看不到的雪花，却在这个冬天让愿望成真。当我在绚丽的烟火下误入喷泉中央那片悬起的冰路，你眼疾手快生生拉住我迈出的脚步，避免了一次寒水入靴的扫兴。红色的灯笼高高地挂在树上，夜色的喧嚣换来更多的热闹。我不再是寂寞的旅者，这次北方之旅漫飞的雪将世间孤凉都在挽起的臂间化解。

塞北的夜，闪亮的眸色里折射了七彩的光辉、温情滑落的流星许下来年的愿，那些誓言掠过耳边，若春虫般地呢喃。北方的春来得很迟，一夜无眠是怕误了登机的仓促。千转百回，陪你走过太多的春夏繁华，只有这次边城之行为我保留入世时那最初的澄色，如雪！

归来时，江南不再寒冷，浅浅的寒少了凛冽，江南草已经泛绿。冷冷的月色挂在青黛的瓦檐，阳光下，一滴霜泪滴落成文字的逗号。看盆梅里的土壤暗生的苔色，碧水之上有兰舟顺流而下，雪花下拥簇的憨笑还在回忆中重放，春天已在东风上破晓。

与你同在，等一场四月的樱花如雪，看着相册里元宵夜里彩色的冰面，酷似相聚时的冰火两重天。那些有雪的日子已经定格在珍藏的记忆里，就像人生不能改变的结局。时常安慰着自己，在冬天把那些画面当成开心的说辞，扬起的唇角还是依偎听雪时仰脸的笑靥。尽管后来有一种成长的姿态沉淀沧桑，一次次相聚的欢喜传递漫长黑夜里的无忧无虑。

键入最后的标点，窗外，樟树的翠意在雨后的亮色里醒目。一个声音远远地传来：立春后，雪如烟散，纵然江南少雪，从咸阳到长安，那一场雪都留在记忆中永不融化！

第十四章

一天一年，一生一世

又是情人节，多少年的爱慢慢化为平常简单的眷恋，没有埋怨，却有浪漫。手心的恒温只在相握时柔软重逢的二月。风风雨雨，平平常常的日子就这样过去了，少年的爱情都一样，或者在简单的日子中遗忘分离的痛苦，只铭记感动的片段。爱被时间串联成为一个美妙的音符，在每每想起的时候就是温暖。

有情人才是性情中人，无情未必真豪杰。爱人，亲人、朋友，世间就因为这份真情的存在，让我们才能拥有善良和感动。生活里承受的悲欢，不必追问当年的阴差阳错。结识在三月的雨中，就此绵延一生的情分。宿命在冥冥之中注定每个人的缘分，青春的浪漫被婚姻隐藏在时间的背后。不去热闹和繁华里赶场，因为一切都在手中，在这样的年龄一束花的殷勤，反而显得多余。

第一次回家探亲忽然明白近乡情更怯的含义，认识不久，我们第一个情人节却在异乡欢聚。没有鲜花巧克力，饮下的一杯酒便是颊上胭脂般的红晕。靠在身边的温暖尽管过去多少年了，依然有那年最初的感动。

每个春节，有多少分离的寒凉就有多少切切的期待，剪剪风绿了江南烟柳，三月的桃花在雨后含苞待放，你却独爱四月的樱红如雪。还回忆那片樱花吗？阡陌碧草，柳色新新，春秋被寒冬切割，只有目光联系季节里的分离，却也不去风雪中讨取无法团聚的切切。

彼此坚强就会衍生快乐。等原野上春风吹落开了桃花的脸，携手走在郊外的步履，有踏青时的阳光满面。那是春天的约定，快乐不再被隐藏在幕后，轻笑巧言的对白中，时光过，颜未苍。每次团聚时，喜泪才诠释了相盼之意，拥抱的贴柔很快生了不再离别的愿望。当正月错过的生日被朋友用文字的醉意沦陷，你在家乡用一个表情端酒上茶。

笑而不语，电话中告诉你朋友用新词赌酒，为生日助兴。一张彩信拍下的水仙写下了三月的寄语：一天一年，一生一世。一个人能拥有无数的友情和真挚的爱情，是怎样的幸福！

三月，江南的雨落入你的城，这个城里你就是我永远的王。归期未有期的失落瘦成初三月烟花，风信子开了，一串紫色的花茎突破了冬冷的围剿。当我漫步在异乡的街道，地图上一个点相距咫尺，似乎伸手就触摸到家的门楣，更包括那些梦里的丰盈。阳光会斜斜地照射进小屋，厚重的帘帷圈起了围城里浪漫的开始。

水仙和梅花相互衬映，小小的落地窗内，再也没有隔帘的相望。

征衣寒，思乡梦在三月的杏花雨下着暖。捧酒的掌稳不再是那年的慌张，时间已经把爱装满，等你挑起今夜的帘。上弦月在遥望中泽润三月的雨绵绵，天晴后，江南的冬衣没有寒冬的累赘，更有某种释然的轻快。季节交会时的眼神充满生机，举案齐眉的心愿不惧一个迢迢的旅程，雨洗过的天空有一枚星子在闪闪发光，幸福在暮色下就此醒目。

播放那首熟悉的音乐，相思藏在音乐的旋律中，爱已无声。

其实，还是喜欢中国的七夕，在葡萄架的传说中让朝朝暮暮的相思在团圆时释放。静水深流的日子里，目光中暗藏思念的旋涡，浅愁化为眉尖的远山，多少清夜思旅，人如玉，念如虹。

用心写成三月的桃花笺，落笔的心痕在倾城一醉。崔护的城南不再是忧伤的道场，重逢时一枝桃花折在手间。冬天都是思念的清修，春风解开等待的偈语，君为茶，我为盏，一路微笑擎在手中，不向宿命俯首，爱，不会在冬天折断。

倾城之恋，有多少人向往？你是我的城，信念撑起记忆的天。相见欢留在"王谢"的乌衣巷口，你的相留醉，是朝云暮雨后的几时重。三更梦断，红尘笑语时刻意避开的烦扰是心中的坦荡，文字触摸现实的体温。云水禅心我不懂，当年一首雨霖铃的格律给相识打起柔软的手势，一年一天，你知道我的登临意，在骤雨初歇时被一壶茶冲泡成今天的相濡以沫。

2月14日，数字里的天长地久不再局限于季节里的回忆。从立春到惊蛰，一声春雷，为这个情人节作序。

第十五章

冬至，新年

十二月的风把夏天吹得很远，暖阳下的笑声还在梦中荡漾。沉迷在那时的快乐中走不出来，回忆的影子时刻盘旋在黑暗的夜。影像里记录的身影屡次鲜活，记忆的底片上，有一种思念悄然滋生却被怀念的插曲打断。梦里的灯火阑珊夜终于在冬至来临时，一些人重新走进记忆的画面。

新年溅起一串飞扬的朗笑，每一次团聚在相拥时都会喜极而泣。岁月里相伴的经年我描摹过你不老的青春，岁月征途上有一种力量把我们牵扯着走到一起。那是命运的恩赐，也是多年离乡后一直渴望的团圆。

曾经无数次被安慰自己的心事在电话中窃喜，举杯畅饮后醉态可掬让你嘲笑不止，少年的豪情在一曲长相思里荡气回肠。我们牵过的手一直没有陌生，而这场重逢的彩妆在你的唇间渲染喜庆的味道，成就了家人多年的心愿。

不敢说假期结束的时间，怕粗糙的手指与你缠握不舍，不敢与父母面对，怕恣意流淌的热泪改变强装的从容。送别的车站太近，怕挥别后你和从前一样不由自主问起下一次的归期。告别以后，铭记相聚的简单，把团圆的情节抒写成下一次归来的希望。

牵挂的还有告别时的目光，尽管倔强地低下头时顾左右而言他，颤抖的肩还是泄露了所有的心事。我无法转移你的注意力，竭力说起那天喝醉时脚步踉跄时的狼狈。我们都知道总会有一行泪落在转身后的脚下，放开迟早要松开的手，余留在掌心的温暖被一个期待攥紧。

回忆大年夜灿烂的烟火和情人节捧起的玫瑰，光影中迸发的欢乐有很多起伏跌宕的情节，岁月深深，我的笑语留在十二月的港湾，时间抛弃不了我们，尽管初春的寒冷在思念的眉尖上挂满青霜，你牵强一笑早抖落了离愁的黯然。你在家乡用江南的春天把思念温暖。

寒江如练，人生多少愁被带走，欢闹的场景占据了一半的梦境，你的羞涩都落在我回忆的字符。美好的怀念是生命里不可缺少的天性，当火车拉响了汽笛，当安检口的身影消失在视野，送别的晨色里多了一份黎明的光芒。我们隔着一江水，愿以后的日子从此不再有天涯的距离。

离开的脚步已经渐远，身影沾满目光的牵缠，昨夜的歌声带走郎朗清愁，冬至的雪花还我安静的天地。江南的明月光下有李白的轻舟渡过的万重山吗？安静的冬夜我不再皱着眉头填上七律里的临别寄词。

又是除夕，龙年只在一夜之间就和我挥手再见。其实，阴历年的习俗早已在心中根深蒂固，就像我们那年许下的诺言深植在心中，时光轮回，谁也无法改变，江南的春今年来得早些，一场场雨后树梢便泛绿。当这样的喜悦传递给你时，却忘了一场雪阻挡了你的归途。纠结、烦恼和气急败坏的心情都不能一一单列，各种懊恼交集在一起的时候，一句话就让我心痛：江南柳绿，北城飞雪。

傻傻握住手机，一时间竟没有反应过来这句话是什么意思。我似乎听到窗外沙沙的扫雪声，呼啸的思念给凛冽助威。我不得不承认，春节的思念远远不及团圆时春光美好。

那年，青涩的三月相迎温润的眼波，杏花开在古老的寺院外，有些雪还没有消融，春节远遁在离人的叹息中。约定留在柳色青青的岸边，剪剪清寒围剿离别的牵念。再也无法与回忆撇清。一盏冷酒彻骨，些许浪漫只能赋予清樽。等着再次回家的日期，把一个人的孤寂远远地留在身后。看着你不愿转身的磨蹭，平静地安慰道：三个月，很快。

岁月老了，是不是我们都变得越沉稳，痛得越深，却用笑来掩盖，念得越切，就不会哭！

都记得初见时的桃花如面，即使这些年分离的岁月，我还用傲骨支撑两个人的天。一直戏谑，如果当初只是擦肩，我们的人生该去怎样抒写。二月温度渐渐升高，留在怀中的暖意就此不散。折返在思乡路上，厚厚的日记里写上思念的痴狂。当我走后，江南烟雨中留下一条可以遵循的誓言，才知道那时雨是相溶的血脉。

一生烟雨，半生奔波，围城里的围暖，在仰天长啸的归途上，饮尽孤独。

后来一直庆幸：当初不仅是遇见，信念成就的美好和芸芸众生一样，忍受分离，享受团圆。外婆说，我的幸福里多难的悲苦，那时候年少无知，直到多年后一些巨变改变了人生的轨迹，才明白这句话真正的含义。时间早已经切断回忆的链接，模糊的伤口在四月的竹林里开始愈合。把忧伤封堵在花开的季节，三尺青丝拂过凝望的眼神，心跳被触摸时，就把这一生拱手相送。

爱，可以生疼，只是这样的疼多了甜蜜，犹如阳光下斑驳的泪眼。灼灼思念留在唇边，而这个春节，一场雪都是你浅白的颜。不去抱怨天公不作美，多少年了，除夕的爆竹声里都是我一个人望天。再多一次又何妨？用朗朗的清笑去安慰一个望眼欲穿，再也不相信时间真的能把一切改变。

三月江南，桃花一定比你的故乡开得要早，香樟树不落的叶一直是春天的延续。春花已经渡暖，一盆水仙将生命的根须延伸在心池，喜欢你俯首轻嗅的画面，将相遇时的背景定格在归来的喜乐中。

桃之夭夭，淘气的身影翩跹成春天的舞蹈，轩窗外三枝春意被念念不忘的双手环抱。最初的一枝桃花留在你的词笺，留在我的江南。

后记：关于遇见，人生总是有缺憾，为一场相遇的彩排，一支瓶梅笑于春风，把相遇的社稷留在除夕的烟火，纵然繁华尽，人落寞。

第十六章

思念是一株断肠草

写一句短语,看一下过往,多少年两情若是长久时的朝暮,在仰脸举杯的思念中入喉!

看以前的日记,忽然有想问的冲动:所谓的无悔,是不是向别人昭示的虚伪。

很久前,忧伤总是在忙碌中忽视,有些温情的话语只是在归乡时的酒醉中呢喃。你不想讨取苦难承受过的补偿,只心疼八千里路云和月的奔波。于是,总在四季的站口迎接我一次次归来。青菜小酌，都是席间摆满的盛宴，只有一种异样的声音和表情留在我告别时的含笑低首：去吧，女儿会慢慢长大……

不舍是泪，祝福是欢颜，走了，思念就是一根断肠草。

远行时，常忆长安，我承认这些年来你的肩膀挑的责任更多，指间的青烟缕缕飘浮低首的愧疚。在杭州时，为一个笔名而苦思，你却把多年前的嬉笑在键盘上敲打定：——寒烟。青儿，等到分离后，才知道一些简单和无欲只是安慰地说辞，翻江倒海般的思念让人不可能自欺欺人。生活里的浊浪朝夕不停，也许，信念才是心头的帆，一次次驶向避风的港湾。

生命里咆哮在每一次失态的时候都被承担，有些泪，落在沉默的枕巾。时光中，苍老在你的额头停顿，似乎上天的眷顾让你青春不老。一起逛街听歌，有些沧桑一直隐在旋律的背后，用坚强来封藏。坎坷让人成熟，只有思念涌动的毒素在深夜复发。年轻而欢快的笑语离我们真的很远了，只有在晨起后的踮脚推门时，露出会意的一笑。

两个人的天空，一份简单明了，从秋天到大寒，四季都包含在一生，离情早已浸透了两个人的岁月。飞燕哀鸿，所有的好都留在轮回的季节，只是年龄的增长，外露的锋芒也淡了。贪念不再是唇间的誓言，激情和缅怀都沉睡在来往的书信，再翻阅时，只觉时光厚重，命运多舛。

然而，我们并不老，青春日记里醉梦浅吟都深埋在岁月的背后。圣诞回家时，箱底塞不下的记忆在阳光下曝晒。你不愿丢弃那些温暖的留痕，只说一句：人不如旧，衣不如新。用很长时间去思索，恍惚间，长发已经遮挡了含泪的脸。

少年游，没有在意过对脸相别时的凄凄惨惨，笑傲江湖，总感觉一个男人才是女人的天地，缠绵和悱恻都看作笑柄。而如今，失去的青春和美好，包括这些年对你的歉意，怎么样也写不出一个"对不起"。

有人说：这个世界没有谁对不起谁，因为，谁也不是谁的谁。而你和我一起走过风风雨雨，一份亲情和爱情在屋檐下相安，珍惜。也许，我们都不该把离情和世态看得太透，生活的纷杂和悲苦在年岁的增长后被阅历提醒成不必纠缠的笑然。你没忘，六月的雨天，一杯红酒斟满所有的诺言，陪我酣畅淋漓。

酒不能解毒，那根断肠草一直在心底蔓延。我把少年的幻想在一生中坚持的时候，你的沧海已是今生的桑田。把新年的祈愿捧在手心，欢喜和离愁留在爱的温泉，悲喜不去衡量，人间得失不用一个情字圈点。忙碌中忘掉疲倦的人被长发掠过脸颊，你的笑一如当年。那段时间，单纯的守候着团圆的欢喜，只是思念的焦急在一次次长途漫游中等待春天的丰饶，冬天不再空旷，踏上归途时，一份快乐让叹息就此消失。

多年前，伞下撑起的围城在雨中落成，当几根白发在时光里颤巍，季节里生成的温情分割成回忆的章节。我无法掂量时光的轻重，只把遗漏的欢笑在夕阳的余晖下装订成册。

往事，不可追！此时，春雨飘在北方的城堡，踩在积水的路上，真的愿意在春天皈依！

雨水已经迫不及待地多了起来，去聆听布谷鸟鸣叫的声音，走在两点之间，北方的夜已经冷却相握时的余温，古老的佛经上翻阅一页可以超度的咒语，只为这无法看破的红尘。我们的生命是血浓于水的恩泽，前世的错过情愿用今生的苦难换取幸福，用执着的苦笑看轮回。

此时，绵密的雨织起心中的水晶帘，让这份清净伴你三生。如果，你看到那片雨中静静盛开的荷，我倒是渴望梦里的惊雷唤醒漫长的冬眠。那场雪，似潭柘寺的樱花，粉色的蕊是梦里久违的笑脸。

忘了苦行时的忏悔，不怕就此一别相见无期。那年你站在我的身边，微风过，一大片樱花纷纷如雪。一眼望穿三月，阖目的寂静有很多虔诚落在眼帘下，余光的瞥处，四月就此窒息。

爱情不要理由，无法忘却的记忆一直留在告别的微笑里。离尘之姿是大彻大悟后的沉默寡言，等你回眸的温度，冰封的思念在春风中开始破土。风雨关在门外，今夜漫长的等待是眉尖上擎起的清明，走在微醺的春风里，我的容相终究难以在相见时脱俗。

这个四月，有我等待的温馨。你还是会回到故乡的河边，笑若莲花。

后记：世上的爱情都是一个模样，聚合离散无人幸免，只愿多情的人去珍惜。而婚姻可在恋内，亦可毁于恋外。当你问及爱值得与否时，悲剧已经开场……

第四卷
爱已成书

第一章

盈盈一水间

盈盈一水间,脉脉不得语。寥寥十个字,就是直入内心的柔软。

关于此诗的含义我不是故意地曲解,牛郎织女的传说有天上人间无数个版本,我只在一只青花盆里陪早春的绿色两心相照。清寒的日子梅花给我报春的喜色,对于新年来说,你却是我深深的牵挂。元旦回来时去花市,却被遗憾地告知水仙已经卖完。失落地望着远方出神,卖花的老板却又从花棚里探出头来说:"我这里还有风信子,你要不要?我认得你,每年的圣诞前你都来我这里拿水仙的,我打电话了，货明天就到了。"

回头看看他真诚的眼神，脚步又踱了回来。打开的纸箱里暗褐色的球茎整齐地摆放，上面表明了花的颜色。选了一只紫色的风信子，说了几句明天一起来取之类的话便折了回来。

养了20年水仙，那种喜爱已经接近于痴狂。那年一个声音对我说也酷爱水仙花的时候，心中漾起的共鸣不仅仅是因为一支水仙的花语。世人喜欢的东西太多，但有些东西终归是空空的喜欢，而你我这盆水仙，是一曲折子戏里的花为媒。

最初的冬留在那年，因为心近，就无所不言。夏花已经着了薄霜，秋蓉在一江寒水之外矮了身姿。每年这个季节，我总是把无根的思念装满一只青花盆，用你的冰清玉骨做一种相视的陪伴。盈盈一水间，倾听无声花语，一叶葱绿，慢慢滋生出春天的温暖。

老板没有失信，第二天我去的时候他已经选好了几只花球，抽着香烟，看着我慢慢地选好后用职业性的微笑和我挥手。临走时，我喃喃地说了一句：花各有品性，就怕错过了时间，这花也没有去年的灵性了。

他惊讶地看看我，却无法理会，寒风吹不断的春，就拎在手中。

养水仙的流程驾轻就熟，温暖的室内是不是就能规避三九的寒，浅清的池水养护着一分春色，用一张彩信告知你关切的询问。鲜艳的雨花石零落有致地簇拥在根部，三天后，白色的根须把期待紧紧地抓牢。

看它伸出的根须，我知道这支水仙不会低于五只花茎。和去年相比，它的身边多了一盆风信子，而我疑惑的是，当水仙的花苞被清冽的寒水催开，那只风信子才挣扎着露出了花穗。我不在乎世间花颜的次序，这样的清香和紫色，能把冬寒尽情绞杀。

其实我更喜欢梅，她适应江南江北，甚至不惧雪域高寒，纵然落入尘泥，也有香如故。其实，梅和水仙都有一个共性，对生存的要求不高，却给人带来美好的希冀。多少年了，一株枯瘦的梅桩和水仙在固守的围城朝开暮放，驱了无数的孤凉。

你曾说做一世瓶梅，或者就是案头最爱的水仙，在寒冬腊月朝夕相伴！心的素雅是快乐的增添，为你水仙般的清凉无汗。我种养的不是花，而是落于清水盆中执守的信念。

将尘世的繁杂用心泉洗涤，碧绿的叶将冬天驱赶。脉脉无语的相逢里，任时光在寒冬里开出洁白的花，金黄色的盏就是向阳花，让每一天都充满阳光的气息。那是你的笑脸，把来生都当作赌注，只为今生不倦的向往。

这年的初五情人节和新年碰头，满街的玫瑰被贱卖声叫喊，你婉拒了一束"蓝色妖姬"的诱惑，只要一张水仙花怒放图片。思念发作的时候，相守在尘水里的愿，不再把黑夜的漫长来掂量。你说：金盏银台玉玲珑，上面开满了无数的太阳。这样的相念有增无减，玫瑰，只怕是容易枯萎的煽情话。

这一季素白，也许看不到风信子的忧郁谢了，一场生命无声的走过，只有满屋的芳香渐渐消散。尽管曾经的鲜活只是春天的迎笑，生命依然无疆！

第二章

云中谁寄锦书来

要下雨了,断过的手腕痛得不知道怎么安放,阴霾笼罩着沉闷的天色,倒和心中的失落有些相近了。久旱的季节渴望着一场雨,干涸的河床龟裂的土地似心中无奈盼望,远离你的日子哀感时而光顾,挣脱不了的念在枯燥的季节游荡,一些痛楚,在烦琐的生活中竟难以减略……

一卷在手,适合这样的天气去浏览那些千古流传的婉约,细碎的生活中每一个小小的涟漪都会在安逸的沉思中荡起一圈波纹,然后一点一点地扩散在整个心海。抽丝般地剥开记忆的茧，那些层层包围在心底的思念慢慢地露出一角，触及某种痛的时候，再想把它收回却那么无力。有些忧伤来势汹汹，如决开的大堤一发不可收拾，瞬间就把自己淹没在思念的海洋。

多年前在异乡漂泊，年轻的心曾认可一句老话：何处黄土不埋人，把自己放逐在江湖之远，从未想到归宿的所依。心情随脚步一起流浪，十年风雨多了沧桑，少了遐想。走得远了，会以为某一天和一个自己心爱的女子把求田问舍之念安适在青山碧水之间，远离尘世的喧嚣。疲惫的身躯，放松在无怨无嗔的淡泊中，伴她一生终老。

朝雨浥尘的三月漫步在梦里涉及的景色中，转阁倚户，卷帘推窗，一个晨起的朦胧，不再是宋词烟雨中的一阕。潭柘寺樱花如雪，而你是扑入我眼帘的一瓣飞红，在生命的天空下掠过了白羊座的星迹。你说：白羊座的女子，坚韧也高傲，只会把自己最爱的人，放在心中最柔软的地方……

那一季，三月的雨足够记取一生。那一月，温润的潮湿中一切是那么清新，柳枝婀娜，远山蒙翠，一把伞下撑起尘心无悔。那一天微笑的告别没有再见，一场花语和前世的缤纷在你的星座里落定。

季节可以见证，春红在赴约的夏日已经藏匿，当我一次次徜徉在午夜的灯火下，斑斓的色彩铺满你悄然的身影。欢快的重逢不动声色，手掌的触及有柔软的重温。或者我们都不懂距离带来的苦楚，只能在悲凉的日月耐心守候相见的讯息。当春天再次来临，你的裙袂飘逸在灿烂的阳光下，额间的汗水泽润了爱的朗光。迎面相视，调皮时倒退的脚步依旧沉稳。轻盈的裙角因快乐而旋舞，闪烁的目光，撩起来怎样的温柔。

走在古老的城墙下，护城河的野花簇簇拥红，无粉的清颜素净朝天，无悔的青春里留下灿烂的笑颜，如歌的岁月里，春天让我们恰好有了这次相遇，开始一生中偎暖的依靠。

那天站在古老的城墙上仰望天边的白云，你的乖巧和温顺抵了三月的轻寒。岁月可数，一笑依旧倾城，只想把时间的所有停留在有你的一刻，那个时候，一切都是美好……

翻阅着你的思念，重新想起多年来走过所有的路，无惧时间的仓皇，在北方城市的地图上圈定你的身影，会在回忆中体会柔情与孤独。惊喜的梦境插上了欲飞的翅膀，只愿在夏日的风中飞翔，去你的梦里做无声的停留。

有你的今生是上苍的赐予，爱的足迹在留尘的过往坚定。夏日的雨把心思在距离中串起缠绵，你的轩窗下还是有那日雨后梦的聆听。问天外，云中谁寄锦书来，一些无殇的印记陪一生夙愿，在雁字回时，月满西楼！

第三章

梦 里 承 德

第一次用文字的心情去进行这次北方之旅，穿越过华北平原，一份景色装满虔诚的行囊。心中不带一丝尘埃，为避开南方的酷暑而走进承德。

承德，原名热河，雍正十一年，雍正皇帝以承受先祖德泽之意将热河更名为承德。夏日的风飘散着温烈，在宾馆内洗掉一路疲倦，将酸痛的筋骨浸泡。站在十七楼的窗前，眼前的阑珊在眼里流动，塞外的风，清凉而惬意。晚饭时一盘驴肉火烧、两样小菜加一瓶板城烧锅驱走了疲劳和饥饿，当我看到久久向往的风光、快乐的心情从每个毛孔里散发出来。这段历史的温柔与沧桑让我神往很久，乍赋闲在家这几个月让我开始慌张。读不了万卷书，就行万里路……不再让孤独靠近，把心情折叠在行囊，写自己一个人的悲欢。

早早起床，跟着导游上了大巴，快到中午时我走进了大清帝国早已黯淡的历史，远山近水隐含的文明和沧桑留在眼眸，我沉醉在北方这片神奇的土地。

承德有着悠久的历史，从新石器时代就有了祖先在这块土地上声息。历朝历代没有带走的繁华从此留在北方辽阔的草原。风沙呼啸，摇晃着普宁寺的塔铃，清王朝喋血的马蹄声，在历史中回荡。

见过南海的波涛，惊叹过泰山的雄伟，瞻仰过故宫的壮观，更加感叹清王朝对生活奢靡的铺张和百姓的无视。历史总是惊人地相似，百年前，清王朝在辛亥的炮火中灭亡垮塌，虽然没有大明朝的红颜误国，而一切的偶然都是必然。

塞北的草原，稀疏的村落，从盛世王城到塞外陪都，伤痕累累的城市从喧闹又归为平静，再次转为今日的繁华。三百年，承德经历了几个轮回；三百年的热河，在历史的狼烟中脉脉无语。走进一个王朝，历史在历经几百年的血雨腥风后最终沉寂，而民国后的避暑山庄它虽然像一个败落的八旗子弟，尽管衣衫褴褛，眉宇间依旧流露出贵族的气势。这，就是承德。

漫步山庄，一些杂草在石阶间蔓生出来。多少人在这里来来往往却难以踩到脚下的野草，几百年的楼台亭榭，几百年的古道斜阳，朝代的交替掩盖不了历史的痕迹。古老的门楼，一样的庄重、一样的飞檐琉璃，北京城里的叫故宫，而这里却叫承德避暑山庄。塔楼皇宫大殿金碧辉煌，暗黑色的石砖木制的门窗，朱红色的走廊，这是故宫的缩影，却比故宫要安静。

六月的承德天已很热了，一路走来，脚底生疼，浑身腻腻的不舒服。一辆六座电瓶车驶到我们面前，我便随几人坐了上去，在急行中的电瓶车上感觉到风的凉爽。这段路共十二公里，来避暑的皇帝批完奏章后喜欢在这条道上溜达。不由得想起在故宫旅游时导游介绍过：中间的道是皇帝走，右边的小路是太监侍候，左边才是大臣们随行。想象着前呼后拥的场面，太监躬身，大臣低头诺诺，皇帝昂首巡视周边的景色，那是怎样的得意。

望着偌大的林子禁不住也感叹：皇帝到底是皇帝啊！这些奢华，要用多少百姓的血汗来供养呢？

在一城墙的平坦处，导游指着对面山上建筑介绍，这边是小布达拉宫，那边是普宁寺，远方挺立的石柱就是棒槌山了。当地流传一句俗语："摸下棒槌山，能活一百三"，也许，只是一种美好的愿望吧。而我终究没有去摸棒槌山,我也知道活不到一百三,皇帝都不能万岁,何况我等凡夫俗子。

举目瞭望,苍茫的古树绵延不断,山庄里几处湖泊点缀其间。一片草场上设立了几顶蒙古包,现在用来供旅游者休息度假,帐篷外泥塑的蒙古武士形态各异,让后人在这里重温大清的繁华。

看着恢宏的古建筑群,这仅仅是避暑的小山庄吗?北京故宫和香山有多少供他人游玩休息的去处,这么大的休闲乐园却只叫山庄,这如何让百姓臣服。千年的诗圣杜甫都写下"安得广厦千万间,大庇天下寒士俱欢颜"的名句,可历史走到了今天,没多少人记住那个朝代的皇帝是谁,倒是杜甫的名句被一代一代吟诵着。

普宁寺傍山而建,庙是一座比一座高,最高的在山顶上安静而又庄重,幽深的大门就那样敞开。在一巨大的焚香炉旁,导游说普宁寺是一个非常灵验的寺院,凡到这里来的人大都是要烧香磕头进奉香火钱的。我犹豫了片刻,便到出售香火的柜台前去买香,和很多人一样虔诚地跪拜着,心里呢喃着一份心愿。可导游小姐说,在这里烧香要一座庙一座庙地烧上去的,十二座庙啊,我瞬间傻了……

点燃足有我胳膊粗的蜡烛,闭着眼静静默念,心里在真诚地祈祷,为女儿为父母,为爱我的人,祈求上天给他们永世的平安。

站在普宁寺的顶台上,一尊与房顶一般高的佛像耸立在那里,望着足有六层楼高的金佛像,在木箱里投进了五元钱。一个小和尚奇怪地望了我一眼,那只透明的箱子里还有不少一元硬币呢,我不是投得最少的啊,滴水成川嘛。每天上万的游客每人一元,那是多少呢?我想慈悲的如来不会责怪我的小气吧。

依山望去,看见一层一层宫殿,层层都是那样的凝重。外墙壁一律用白石头砌成,处处弥漫着佛家的气息,导游告诉我们,这就是小布达拉宫。宫殿完全仿了西藏的那座真布达拉宫,连起居室里的陈设都别无二致,真是一个浓缩的宫殿。宫内的房屋竟比山庄的还要多,房舍也比山庄豪华。不懂的是这个布达拉宫所处的位置竟然比乾隆皇帝的山庄高出了许多,可见当年乾隆对西藏是多么在意。为了西藏少起祸事,他能竟屈皇帝之尊,将这布达拉宫修建得比自己的山庄还要大,也算用心良苦。难怪史学家评论说,一座寺庙,堪抵十万雄兵……

走进青莲岛,烟雨楼就在眼前。它是澄湖最高点,完全仿嘉兴烟雨楼而建。凭栏远望,万树园、热河泉、永佑寺等等名胜都在前方。六月,湖中荷莲已经开了,湖上雾漫,状若烟云,别有一番景色,轰动一时的《还珠格格》就在此拍摄的。

越过采菱渡,看过四味书屋,走过沧浪屿,在澄湖岸远眺金山,一抹夕阳如血。所谓的山庄，真的是太大了，走马观花地跑了一天，好累。回到酒店，平躺着感觉浑身都痛，唉，难道我老了吗？明天去不去木兰围场呢？山庄四景区，只游了宫殿区和湖泊区，还有山峦区和平原区没去呢。

塞外的风，在落日后开始凌厉，亭台楼阁、山光水色，在暮色中开始凝重。

端着酒杯，把故乡眺望。承德，我曾数次在梦里把你拉近，为你牵魂。在这个夏季，我用专注的灵魂，把你刻进永生的记忆……

下一站我会一直地走，在历史的画面中去寻找自己的过去。尽管我的身上披满风霜和沧桑，我还在寻找梦里的真和让我心动的瞬间！

第四章

爱已成书

一朵烟花在空中绚丽,秋寒被忽略,星光早已淡去。圆圆的月悬在正空,熙亮这个寒夜下的天涯,不偏不斜。时光不语,快乐被烟花渲染,季节中多了难以置信的惊喜。红色的烟火衬映了颊间的粉红,我回到了那个秋天,一些记忆开始苏醒。

我们都怯寒,却无法逃离岁月的冷,落霜的菊与残荷相比多了些生机和盎然,夏天给了一个告别的手势,西湖的荷花就留在背影中。那时候,我刚从北方的菊展里离身,在航班上翻阅斑斓的影像。

当我站在江南的秋天才知道,北方的苦寒,竟然是我不能想象的凌厉。

距离和错过,合成了两个季节,一冬一秋,连贯着一生。北方的荷塘上早已没了盛夏的娇艳,用清瘦的徘徊,唱着菊花黄,满地霜。

这个季节,江南的水依然清濛,秋蓉和青黄色的柚子一高一低,忘记了夜空下的秋鸿遍野。独立钱江,却生生挽不住你告别的手,辞笑的表情是落霜后的苦涩。在曲院风荷上遥望北方,朱红色的栏杆早已褪色。想象着秋冬的对峙,是不是所有的离别都适合这样的场景,在天涯的望断里剪碎泣血的素笺。

人生欢乐的时间太多,而不能拒接的忧伤也不少。不能在十月欢度国庆,春节时也不能在屋檐上一起挂上红灯笼。情人节到来时,一盒"德芙"里挑拣的巧克力甜蜜着恋人的爱意,酱色的包装纸背面偷偷写下了不能送达的浪漫。很多节日接踵而来,春节,情人节,国庆节后,转眼就是你的生日。

谁也不能永远在一起一辈子,可我相信心在就不会走远,岁月中不能并肩,可以在时光的剪影中相依相惜。如今,古渡上那只船早已靠岸,你的身影凝注了落日般的表情,我却不知道乡关何处。如果真的不计较季节转换后的冷暖得失,为什么每一次离开的日子会出这样地疼。在黑夜关不住自己的寂寞，借酒低吟，寂寞的诗写成黑夜的告白，指间的烟火，灼痛了一个人的等待。

说好十月去杭州，陪你在秋天过一次特别的生日。脚步跃跃欲试，在初秋的斑斓里带你回到故国江南。离开家前，有一束百合摆放在茶几上，旁边的青花盆开满了洁白的芦苇花。很多快乐早已经挣脱了寂寞的围困，此时，在电话里遥远地说一句杭州见，我等到了久违的团聚。

不是贪求千里之外的温暖，人在他乡身不由己，偶尔的梦里哪怕是指尖的碰触都足够，可惜目光再长，也穿不透万水千山。默念着节日的安康和身体的无恙，重逢时给我一个健康的表情。一个浅笑，身影不再是目光之外的无踪，一句相约，就让你独自只往。

我的心不远，就在思念的范围之内。秋风下，阳光可以采暖，你的笑就此捧在手心。依赖你的快乐，在独守时把黑暗驱散，捕捉到眼角的泪光那是欢喜，也是埋怨，不能窝在怀里的心啊，何时贴暖。

问着归期，你说不想哭给谁看，其实有些坚强不是说的那样简单。每一个节日别人都是欢快的共享，我只能端着酒独倚栏杆。一夜天涯，注定不能同哭同笑，在节日里送一句祝福，用彩信送一支玫瑰花。

你笑了，泪眼中的欢笑掩盖了窗外细雨的滴落。你的今生我的幸福会不会在这一场相遇里圆满。痛苦的是我把一段相思曲从秋唱到春，却绕不过中间冷涩的冬寒。将痛深深地埋在文字，写着一个人的地老天荒，一笔笔勾勒那个侍我于城外的女子形象，一次次在梦里鲜活。

节日和生日越来越近，一些悲伤开始沉默不语，当我的祝福在电波里抵达，在漫长的等候里等候假期。相信自己不会背叛那份诺言，也不需要用誓言来打动谁。轻言则寡诺，心底依凭的信念深守，用一生丈量自己的山高水长。

爱已成书，字已成章，文字描写你的模样，三月，不再远远地观望。

第五章

一 步 到 夏

一直在蜗居里囚禁,惧寒的心就用空调制暖。侥幸地认为有些人为的暖就是永远,几天前的倒春寒逼着人们把关闭的空调重启。而这个春天,在我走出户外的那一刻寒冷早已离开。阳光明媚,各种娇艳的桃花、杏花,带着红色和浅白色争红吐艳,甚至紫色的玉兰花早就在窗外含笑。盼望春天的人行走在郊外,公园,快乐的身影和春天一样生姿。

春天早就到了,我却在别人杜撰的春天里沉湎。

走出家门，一阵热浪扑面，回忆着这个新春来临的夜晚，你的泪给我的热切。当我真正的走出去，幸福的概念只是把自己的诺言握紧，像一个苦行僧般的跋涉在朝拜的途中。

从寒冬漫长的等待，渴望有一个真正的春天可以不用人为的方式来取暖。当今天自己从营造的温暖里走出来才知道，江南一步到夏。你我都有各自的苦衷、只是内容不同，一直相信爱的无敌，总有人达不到某一种共同的思想高度，我在现实里跑偏，却躲不掉生活里伤害的利剑。

一直希望你的剑锋在我的真情里跑偏，直到如今我仍然坚信，自己真的是席慕蓉诗句里的那只受伤的白鸟，只是，我不会倒下，用一个黑体字堵住流血的伤口，依然前行。

在户外徜徉，街上行走的女子花枝招展，脱去御寒的冬衣，笑容像花一样灿烂。原来我真的是封闭太久了。女儿说，你出去走走吧，整天沉默在那样的思绪里，你会被梦想扼杀的。外面精彩的世界不属于你，但是，一定有个大自然的美丽让你的视野更开阔。

我笑了，拍了拍女儿的肩，她却在窃笑里低头，一瀑青丝遮盖了眼角的潮湿。

看着她，也问自己，这样何苦？衣带渐宽终不悔，只是丰盈了别人的岁月。

又想起父亲的话，那些年艰难的跋涉里他含泪地劝慰：什么都不怪，是那些书和你自小而大的性格害了你。你不用把书上的那些东西搬进你的生活，到最后欲哭无泪。

当我的快乐和脸颊上的肌肉一起沉陷，我的憔悴疼了谁？想离开太多不合实际的梦想，离开这几年自己和这种思念里所有的虚无。不为自己，为白发苍苍的父母，为女儿那些无奈而畏惧的劝言。

可我无法放下曾经的约定，也无法放下你，包括三月里许诺的世界。梦想对于我来说，不是寄托，更有朋友的信任和托付。无意和有意中接受的，只能靠自己的定力，是贪还是轻信，我依然抱紧一份信念。曾经的诺言哪怕只是几秒，毕竟那是真情的流露，更何况，你一直在我的视野里，在每一个寒苦的岁月中相伴。如果我的全心全意换不到你一世真爱，那时候，也不会后悔。

爱情不经意的，也无须刻意。经过了这么多岁月，灵魂与精神的高度无人超越。即使是一个人来，一个人走，依然无悔。

我会祝福，尽管无数个夜里悲伤在你的幸福里打转，却愿意用透骨的风扫荡我的世界。看到过你的泪，也沉湎过你的温暖，昼夜呢喃中吟诵去年今日里桃花林中那一首词，也沦陷在我们一起走过的日子。

拿什么拯救你，我的爱人？无数次留在无望的黑洞，期待着黎明时那一抹阳光照亮黎明。直到今天,当春天的葳蕤覆盖过往的冰雪,无论是留下还是离开,我含笑告别。

我欣慰,我的世界你来过,怨只怨太多的贪念让人无法自拔。母亲说:这是我们做父母的错,让你的童年和少年承受的太多。我笑了,仰脸倒进一杯酒,安慰母亲的啜泣。

明天,提前看一眼埋在乡下的外婆,那块石碑前再用眼泪清洗一次。清明,我希望是一个晴朗的天,让我的灵魂随纸蝶去飞。我不该自责吗?这些年的一切,包括那些不懂和倔强,伤害的不仅是自己。当我有一天清醒时,会不会后悔?其实,我一直在半梦半醒之间,并不像文字里所说的那样世人皆醒我独醉,水至清则无鱼,人至察则无徒,七分清醒三分醉,只是为一份和谐和忍让,无论爱情,还是友情,均如此。

青儿,等有一天我们都老了,你会不会用当初的柔情呼唤我的归来。你爱过,我也拥有过,这些年的艰难我都能忍受,却抗拒不了那些矛盾中的反反复复。过去的、将来的,都会慢慢整合成一个携手的永恒,只希望你的幸福被我分享,也渴求这是我们最后的幸福。

阳光正好,爱就这样保留。一步迈过的春天,栀子花,开在夏天的窗台。

三月,我会独行!

第六章

红尘错,许你一世欢颜

  沉湎于外面的世界,把梦想存放在有你的城市。无边春色在眼中流溢,穿过岁月的流光,那些影像下文字的注解留下一段刻骨的记忆。

  风淡,轻寒依依,在冷暖中舍得与放下,一切由自心定。水凝风寒人已杳,这样的日子我的目光能否与你遥远春天呼应。刚刚接到的电话中有了柔意,也懂了团聚的心思。而很多时候只能用时间校正思想,用守望迎接虔诚。思念,为这一世的相遇做了最好的诠释。

厌倦每一次低落的情绪时望乡的痛，莫名地没了旅游的快意。惊蛰过后，孤夜不再长，裸露的指少了寒意。夜深时，点燃的烟在指缝中摇曳，凝神处，心思飞离万里。

这样的状况我不知道是否与情绪有关，曾经的执念和不懈的坚持随心舞动，在指尖写成守望的旋律。永远到底有多远？重山之外，念意悠悠，漂泊的不定，何以为期。

无由的恍惚是懈怠的倦，少不更事的过往，多少斑驳的印记或喜或悲。不为生计累，真的是为赋新词强说愁吗？漆黑的房间，伴我的只是指中一点烟火。感觉自己有时候真的像童话里卖火柴的小女孩，手里的微弱光芒，终也照不亮心中的温暖。

烟火灼痛了指，思绪从天外拉回，很多时候固执地以为爱就是两个人的天堂，殊不知其间夹杂着太多世俗的侵扰。有人说过：婚姻绝不是两个人的事，只要双方的家庭有一方不认可，那么就注定了这桩婚姻为悲剧埋下了伏笔。

年轻的肩上一副沉甸甸的担在多年后卸去，你北方的秋，自此多了雨的润泽。季节轮替多年后我还是一个人的独行。那一夜，我在空旷的城外嘶哑，山无言，水也无语……

把那段记忆深深地埋葬，不敢触碰，不敢回望。今夜，落笔的瞬间就把过往的真实重现，你的到来重新开启幸福的窗。音乐在屋内反复播放，潘美辰忧伤的音色，在耳鼓回荡：

我想有个家，一个不需要多大的地方……

上帝为关闭一扇门，是否就能开启半扇窗，可我却感觉不到他的公平，一扇窗对我来说真的有点奢侈。忙碌中穿行，在红尘中期待一场花事的绽放，而无奈的是，现实真的很无情。

续一支烟，尼古丁的味道直窜心肺，昏沉的状态下有魅影迷离，蛊惑久已沉寂的心动。你的容貌竟超过想象的清晰，含羞带笑真情切切。相逢于一场春雨来临的夜，一场致命的邂逅，是一见如故后的肆无忌惮。你说，如果有一天真的离开，不是不爱，是不能爱。这样的隐痛无人能说，我害怕有一天重复走在雨中的场景，泪陪着雨混为一体，百般的坚强在一个凄美的转身后坍塌。这段隐秘我独自承担，随时蹂躏着我孤独的灵魂。多年后，记忆陪岁月一起老去，你的影像依然镌刻在心墙，很难抹去。

青春时编织的梦境是放不下魂牵的完整吗？伤痕犹在，谁扼杀了我青葱的璀璨，把梦留在苦海的岸。脆弱和畏缩是因为被伤害的疑虑，只想问你，转身后，泪的滂沱对我的爱是否一如初年。人生如戏，一个轮回后这个季节走来了你，是上天的恩宠吗？无意的擦肩，闪过的背影如此相像，点滴的语言犹似前尘。细算年轮，时间是如此的契合：雪落，无雨，无由醉，我哭，你怨，心失措，你倾城一笑，怎知我岁月峥嵘。

看见了来路，却不知道归途，红尘错落，谁许一世欢颜？经年的等待谁纵容了重逢的任性，痴望的前尘在今天补续。枉等来生，忆旧事前欢，早尝离苦，把期许携向天涯的尽头，游离的梦在柔情中停留，隔世的情，难道真的是沧桑后的疮痍。

忐忑与途，寥愁羸弱，看初冬欲雪，青春早凋零成一片萧瑟。肩已瘦弱，步履无健，而你的花期盎然，柔媚前世的娇红给人夺魄的迷醉。柔烈的性格如蚀骨的酒浸泡了坚韧的外壳，意切切，生命的火焰燃烧激情的岁月，燃尽生命里最后的一丝晚霞，浴火的念，是否真的就可以重生！

去年今日，人面桃花，熟识的吟哦依然如旧，当你归来一笑，相遇便已成痴。山重水隔，不再颦皱眉敛天涯怨，塞北江南，伴我一夜春风玉门？夕阳已暮，人生最凄苦的时候你专注投入的疼怜，终结一生的忧伤。

推开窗，释放着满屋的烟雾，堆积的烟头已如山。二月的风扑面而来，吹醒了麻木的神经。如果爱，请记取那日的誓言，在红尘中倾心无忌，携手永远！

第七章

梨花满地不开门

　　姹紫嫣红的季节，蔓延的明媚在眉梢舒展，时光虽然无情，思念却可以和岁月争锋。三月的桃花还没有谢去之前，那片梨园已经开始泛白。

　　春风已经把冬寒驱散，甚至北方的冰川也开始融化。暖风把冰封的围城化为齑粉，然而，江南的风却无力抵达雪域高原。这是切切的期盼，鸟语花香只是眼羡的风景，春暖花开时凝望着远方的温笑，叹息不易察觉。和冬天告别之前，很多快乐留在某一段时光，总是被记忆拨弄，等四月来时，寂寞空庭不再囚禁孤独。时间是固定的，能改变的只是自己，我们保留着心底潜在的美好，用厚厚的冬装去抵御世俗的寒。秋天落下的叶在泥土里腐烂，抚摸着手背的冻疮，蜷缩在光阴里，很多人都期待春风又绿江南。告别三月，冬天已经缺席，只是离愁在浮动的时候犹如春寒。柳枝摇曳下的婀娜有大片大片的思念被裁剪，然后一点一点地被折叠在行囊。那样的日子我背负着一个厚重的希望。

把寂寞交给希望的转折，用快乐行走四月，故乡的梨花留在我的底片伴行漂泊的日子。把自己的未来设计在春天的场景，却忘了一切强求都是枉然。看着阿房宫外西沉的落日，也想到阿娇金屋里的泪痕，一地梨花沾在惨白的容颜。青春凋零之后，我们能抓紧的是什么？生活就是一个什么都要装进去的行囊，不管你愿不愿意，一切都要担当。我们可以躲在岁月的角落里流泪，却不能把泪眼呈现给整个世界。

当青春的栅栏把我们的幼稚与幻想都阻隔，有些时光我们再也回不去。阳光般地走在四月里，脑海里忽然冒出了林徽因说的那句话：你是人间四月天。四月的天气是明媚的，检讨一个漫长冬天里点滴的记忆，忽然就感觉有些心思可笑之极。性格决定命运，宿命也会被遣返，当我步入阳光下的世界，旷野和城市的边缘就是人在夹缝里生存的温暖。

　　冬天的束缚已经开始松绑，尽管有些记忆是挥之不散的顽疾，就用春天里的花香来解毒。贴身的日记里一些忧伤的句子被开始删除，也包括生活中虚伪的承诺。一遍遍梳理记忆关乎于真假的人和事，有些疼痛在所难免。那么长的冬天里我到底忽略了什么？艰辛和温暖真的抵挡不了误会吗？怨怼更不是一些无谓的承受。熟悉的称呼让人温暖，选择的真情总让我全心全意，唯一能做到的就是用快乐报答关爱，即使有一天含笑着离开这个世界，我的幸福就是曾经拥有过你们的关注和支持。温和的目光带着牵挂会拉扯着我回到快乐的起点，闭上眼，在每一个有梦的夜里，那些温暖，依然存在。

　　在四月的路上远行，从一个城市到达另外一个城市，世间的路永远没有尽头，而生命却有终点。如秋天的叶，三月的花终究化为尘泥。值得自问的是，今生我们为这个世界留下了什么？为你的爱付出过什么？如果是碌碌无为的甘自平庸，那么我和万千世界里平凡的人一样，日出而作，日落而息。小小的蜗居，简单的烟火，妻贤子孝的日子，是安静，也无争。

　　散去时间里的阴霾，让更多的阳光照进阴暗的角落。日记里一些灰暗的过去焚烧殆尽，用微笑阔步前行。每个人都是孤单的，包括季节，否则芸芸众生为什么都在苦苦寻找自己的同行人。我们在各自的路上留下的脚印，有冬天，同样也有春天。四月到了，梨花如雪，快乐已经像枯枝上冒出的嫩芽，在一夜春雨后开始蓬勃。

第八章

一个人,一座城

趟着岁月的路,我们还在走。

摆脱心灵的桎梏,身体和心绪就像出笼的鸟。天高云淡,却不见南飞雁。一座城,一个人,城里城外风光各自不同。在一个季节中待得太久了,以至于从冬到春不仅心累,身体也累。也许累的不是身,而是心。你在另外的城市越过寒冬,也等着一夜春风天涯。我能宽容的是一个冬天的寒冷,却无法承受寂寞的寒凉。渴望春天的轻松自在,在古老的城墙外陪一场桃花笑东风。些许的沉默作思考状，喟叹的文字便携带了淡淡的忧伤。每个人都不懂每个人，不是吗？哪怕他是你最亲的人。

我想懂你，像懂自己一样的懂你。在春天，在旷野，在古城。

临出发之前，心情还是轻快的，初春被轻寒紧追不舍，思念着附在遥望的目光。母亲叮嘱着每一次远行注意安全等一直在耳边回放，乡愁更是无法随杯中酒一起下咽，让身体暴露在阳光下蒸发，蜗居日子里脸色的惨白被阳光照晒充满鲜活。那条路上有你挂念呼喊，用你双手拥抱越城而来的翩跹，漫长的路上便可收到一路平安的叮咛。

冷暖是非都不再计较，也可以把某些人和事看清看淡。去古老的黄河岸，去八百里的秦川看尘土飞扬，也想陪你去大海的那边听波涛激荡。

这样的日子，疼的是心，笑的是脸。而很多人能约束住身体，却约束不住驰骋的愿。如果你还在心里，即使尘身被囚禁，有些语言的嗔怨也是我的心甘情愿。怕只怕，人世间的相敬如宾都是表象，皮囊的相伴却离了心，用幸福来诠释的讪笑，未免言不由衷。

欣慰的是：在快乐和自由的取舍中，我们可以让信念确定自己的脚步。向东向西，从南到北，心里的指南针在抬脚的那一刻脚尖指明了方向。

那是北方的圣地,那是母亲河的呼唤,你不是水湄的伊人,却伫立在我永远的岸。两岸青山,黄褐色的土地上奔腾的呼啸声让游子归来的脚步更加迫切。扑不进怀抱的身影被汹涌的黄河水溅湿衣角,浪花却像你每个夜晚思念的泪,触摸了颊的生疼。

生命的七分都给了你,剩下的三分是什么?是父母的苍发,还是未来的希望?

离开了那座城,不再有江南踏月而来的淡定,城里城外,是不是每个人渴望的东西太多了,从寒冬到早春,甚至希望一步到夏。江山的瓦砾凌乱,总想有一双柔弱的手堆砌一座盛大的城堡,不要金碧辉煌,只要岁月中那些平凡的感动一直留在我们的心间。尽管多年的离别中很多泪成了雨中的雨,爱在抵临时却无声无息。当四月相逢的山野有酒旗斜矗,同饮的酒在你不年轻的脸色盛开一片桃红。

我们都过了艰难岁月,今生的爱被期待的微笑重新鲜活,在红尘的苍途中将幸福植于家的土壤,风中飘扬的旗帜。沿着人生的目标向前走,不计结果,不问来生。

从此,漂泊的身影不再孤单,坚定的脚步勇往直前,直到在夕阳下搀扶,爱依然如初。坐在黄河岸边,月已西悬,白天的风沙似乎随夜色也沉寂了,忘了疲惫,把自己流放在遥远的北方,只为一个亘古的信念走过长江黄河。时间磨砺的心绪在瞬间得以宁静,倾听流水的不息,望着深邃的远空忽而明白:原来自己走不出的不是那些现实的禁锢,而是沉湎在执着的虚弥。谁生命里没有一些缺失,而我唯独缺少的是缺失里的快乐。

那一刻,我在黄河的山路上迎接远处走来熟悉的身影。尽管有些刻骨的痛隐隐约约,忧伤已经在瞬间丢弃,如释重负。原来我还是幸福的,想着白日熙攘的人群,北方人紫红色的脸膛和披满风沙的衣裳溢满无言的快乐,知足笑容是那样的真实坦荡。我恐惧的相离在雀跃的重逢中被双手抚摸,那些痛在此时微不足道。

生命就是一个善感的善终,文字的遮掩和弥补远不及一个人相迎时眉梢的欢喜。在寂寞时安静,在跋涉中游走,吕梁山巍巍高耸,黄河水一路向东,那个夜,听风听雨,独自吟哦:

君不见,黄河之水天上来……

一个人,一座城,在城里城外一直地往返,在自然和喧嚣里不停地穿梭。远山近水都看到我不屈的坚持,半生的艰辛随你的青丝拂动,给我拥抱时贴身的温软。

第九章

去海的那边

小时候一直想知道海的那边是什么？心思如海浪席卷过向往的城市。旅途承载着青春与年少的梦想，一颗心已然飞向蔚蓝。

静谧的岁月，有一种美丽和心境抵在时光的背上，四季如锦，生命散发的芬芳与岁月共暖。那是曼妙与从容，那是丰盈与温婉！未知的未来从没想到后来的人生有多么艰难，一些困惑和悲伤只是眉间的轻皱，转瞬舒展。

儿时的无邪，在长大的岁月里清晰成一个温润的景象；月下荷塘、宋词里的雨霖铃，总在青春的卷首上提写了豪情万丈。然而，总有一些梦只能搁置在幻想之间，现实无情，犹如命运翻云覆雨的手。一些迷茫至今也是无法得到的答案。

我记得江南那个廊桥，是多少人遗梦的地方？弯弯的小河是山泉汇集的流淌，楼台烟雨和江南的山水承载着梦的悠悠，一生终老的愿怎么会在而立之后再起波澜？

我们不是梦的歌者，只用沉稳的脚步轻轻地丈量天涯的长短。白堤春柳荡悠在烟雨之地，青石板铺就的雨巷有一双眸子停留在丁香树下。雨泽润过初夏的明媚和一把伞下相拥的身影，那些青春从此湿了江南。

谁把梦和现实相伴，将岁月的沉念从心底翻起，挑染风花雪月的浪漫。旗袍、青衫，眉秀目清的年少不再是"花间词"里的锦绣和婉约，小院中回首的笑惊艳成春天的模样。或者，那就是脑海中无数次涌起的海浪，心在咫尺中相依如蓝。那时候，臆想中浮现的幸福原来就是一双翅膀，可以和你在天空任意飞翔。

机缘巧合的初夏，我第一次见到了海，而那时我们还各自行走在自己的路上。没有想象过一个陌生城市的灯火如何斑斓，也没有奢望去众里百寻的暮然中看到谁笑意阑珊。梦与阳光拥抱，在一个人的蓝天下去等待海市蜃楼出现的壮观。

千年不遇的偶然，原来只会出现在有海的地方。一路走来的尘烟留在身后，在可采的莲香里随一场雨季，转动轮回。

活着就是修行，坐在海边极力地想象海那边是什么？从西域的大漠一直走到这片海，从北寒极地的茫茫林海再到南国的沙滩。我一直在寻找什么？难道只是想知道海那边是什么吗？

生活让每个人都失望过，希望却永远停留在追求的路上，红尘如海，跋涉的身影早已染了尘埃。或者只有少了浮躁与轻狂才可以见到一直膜拜的神殿，布达拉的转经筒，五彩的经幡，在酥油灯的光亮里，是否可以寻觅到一个前世今生。

海那边是什么样呢，是长发随风的飘逸，还是赶海归来的喜悦？谁是梦里的灯塔，用一支烟点亮夜的光芒，等待身形灵俏的鱼娘，用陶碗捧来生活的醇香。

那一月我留在了海边，等待海浪托起今生的涅槃。在起伏的波涛里心事沉浮，梦，却不再消亡。我知道，总有人会和我同坐在海边，仰首凝望夜的深沉。海风伴着浪花在歌唱，我用一颗北斗来导航，去定位一个相同的方向。

那一天，时间终于破解了久已的迷茫，礁石上垂钓的老人身上镀满了阳光的金色。那份安静，给余晖下添加了另一种景色，一个相伴的身影静静地陪伴在落日前的光影中。我知道，海那边还是海，曾经的千千念是走过千山万水后的释然。苦苦寻找的路径只是脚下行走的宿命，纷扰不计，笑对你来我往！

七月，回不了原乡，去海边听浪……一朵浪花在脚下跃起的时候，阳光正灿。

浪潮带着汹涌的姿态扑向岸边，排山倒海之后瞬间又退了回去。海的力量是强大的，可还是败给了坚实的岸。一阵惊叫的惊喜传来，海边的游人竟像孩子般地雀跃起来，你的裙衫在落雨般的浪花里尽显玲珑，张扬的笑意如七月的阳光活泼而生动。

索性坐在一块礁石上，双脚伸进了前赴后继的海浪里搅动，点点如星的浪花在扬起的不甘里肆意，而你的笑也透过涨潮的欢快传递了七月的心情。站在身后转脸扬眉，你问海的那边是什么？

海那边是什么呢？我不知道，那是一个人的江山，还是两个人的烟火？海水侵蚀着礁石，也侵蚀着我们的岁月，少年的天真和青春的饱满被时间雕刻成各自的模样，只有心底潜藏的善良依然支撑着苦难的岁月。生命的画面被涂抹上七彩的颜色，从成长到衰老的过程中，我希望还是你双手在夕阳暮色中相握一生。或者，海的那边是天堂，是一个再也没有烦恼和忧伤的世界。

我无法回答你的问题，站在礁石上和你一起远眺，站在离岸边最近的地方，海风裹挟着浪花有力地驱散了夏日的酷热。一片海藻被推上了岸边，一只贝壳遗落在沙滩上，而我们遗留的记忆无法被海水荡平。涛声提醒着眼前的幸福，走出心灵的禁锢去享受短暂而快乐的七月。

涨潮了，海浪的姿态竟然像北方的汉子那样粗犷，躲在我身后，环抱着温暖的依靠。你说：没有雨的季节就去感受海浪的洗礼，然而自然界的力量是让我们很多时候都措手不及，犹如生活里那些突如其来的变故。慌张失措后只能给明天的日子多了份提醒，未雨绸缪和亡羊补牢无法抵御未知的风险，唯一能做的是生命和信仰的力量让我们坚持和坚强。

"爱是一种信仰吗？"你在身后怯怯地问。海浪撞击着礁石，漫天浪花洒落在我们的身上，成全了夏天的愿望。握紧了手，纵然未来的路上有太多的狂风暴雨，那样的信念已如磐石，幸福的殿堂怎会轰然倒塌？

游人已经散去，只有少数人面对着涨潮的从容。当生活赋予我们一些磨难和艰辛，也许有些人不懂，生命里更需要有临危不惧的承担，接受与承担之后，我们最终会得到用生命和信仰追求的幸福。

第十章

与影子做伴

走在街上,城市建筑还没有完全被暮色吞噬,而一扇扇窗户有的已经点亮橘红色的灯火,湿重的秋风裹挟着弥漫的浓雾,穿过我的身体呼啸而过,天,有点冷了。

你真的来了吗,我的秋天,你带着萧瑟与斑斓,带着夏的余音留下春的不舍,更带着我的不变和你的从容,在一场缠绵的雨中迎着即将到来的寒冷走向又一个庄严!我来了,却只为你而来,枯黄的叶上没有悲凉,脉络上沾满的尘垢被雨洗尽后落在漂泊的肩上。

无数次为一个可以触摸的季节而来,春夏秋冬,一个轮回中品尝的是欢喜是快乐。是悲伤,是泪水流淌后的微笑,也有朔风席卷后的凋零与叹息,走过夏天之后把又一个希望留在冬日的暖阳。

一些景象还停留在春夏的背影里,停留在可以感知的温暖中。春的柔情与阳光的体贴把一个沉睡的灵魂从秋天中唤醒,却惧怕后来的你醒在一个不曾相对的时光。桃红杏白的叠瓣写成四季中全部的景色,那样的鲜活是万物复苏后又一个轮回。

你笑了,给我梦的热烈,伴着生命的流转,浅吟低唱。

冬雪没有抵达江南之前我继续旅行,继续去寻找旧时的秋天关于一场雪的纯洁。街道上五彩的霓虹灯把行走的身影投射在地上,缓慢移动的车辆随木叶萧萧。秋衫不抵寒,抬头仰望,一些窗内透出的光芒无法取暖。这个季节原本就存在残酷无情的肃杀,让生命在冷暖中抗争。夏天走了,带着曾经的热烈和酷暑,丢弃了蝉声,丢弃了雨后的彩虹,带走春天的雨和三月的承诺,去另外一个纬度融化久久沉积的冰雪!

岁月经营着四季,我们都在经营生活,挽秋红,送晨露,看夏云冬雪。生命只是一个过往的晨曦,谁会指责落叶的执往和对生命的忠贞,秋风扫落叶,我看到了生命的飘舞在离去枝头前不舍与眷恋,只是现实无情,撕碎了一个苍翠的梦!它只是记得春的诺言啊,季节没有错，难道有一种轮回只是春去秋来的无奈，是季节散场时的默默回首？

我想沉睡，陪一些缤纷的叶落在大地的怀抱化作尘泥，在一个无人知晓的静谧中积蓄一种能量，那是重生的希望，那是涅槃的展翅。避开这一切纷扰和虚伪的虚拟。原来，寂寞只是一个季节填充物，或者，当它用另一种存在的方式，不再去耻笑冬的寒虐与春的不醒，在时间的酝酿中张弛有度。

离开了生养的母体，无论今生怎么样，我都会在那一片片落叶的色彩里找回春夏，如同一个人用积攒一生的爱去为你守护的时候，谁能把它轻易抛弃。我的春夏，不要怨怼秋冬的纷沓萧杀了曾经的多彩与缤纷，时间还会换取一个生存的空间，把落叶的苍凉更新成春夏的苍翠。这个夜晚，我和影子做伴，待秋离去，把梦披上一件洁莹的冬装！该走的都会走的，而留下的，总会踏着不变的步伐应约而来，无论岁月变迁，时光荏苒，一切都会来，不慌，不忙！

十月，你说来雪域看雪吧！曾错过的雪在相邀中开始飞洒。尽力描述梦里的景象：边城夏日飞花，八月飞雪，那样的蛊惑催发了无数萌动的雪念。

那是一片神奇的土地，晚秋过后古道荒原，雪域江南却毫无生疏之觉。那是另一种世界，人烟稀少，百川凝咽，晕染了一幅静态的画面。

身形如候鸟迁徙过太多的地方，却无缘一见。漂泊早已注定是一种宿命，在烟花三月的渡口想溯流而上，梦的呢喃湿了谁的泪眼？黄鹂翠柳西岭雪是沉潜的记忆中兰舟的催发。千年杨柳岸随一个萧秋的晚凉，吞噬无眠的孤单。

在仓央嘉措的诗集中仰望，长跪的虔诚留在狭窄的山路，关于故都的秋留在一个人的记忆。当我在亿万年的冰川俯瞰东方的土地，谁是梦中的雪莲花，娉婷的身姿落在汉乐府的辞章。相望的永远，绚烂如格桑花，在西风卷帘的无眠中醉了一场雨后的江南。

走在灯火阑珊的街头，江南的秋不像边城的短暂和夏天绵延在一起。十月温婉如初，而你的北方已落雪。悸动的寒瑟里有一份心念猝不及防地催促了步履的跃跃，一片洁白的景观陪伴今夜的无眠。

轻舞的雪花是汉唐的羽衣吗？凝眸处，泪洒霓裳。神游在这个秋夜空对繁华，雪山的倒影停留在孔雀河上，阳光，照了衣冷，相逢的喜悦，灿烂如花。

唱着"阳关"外的传奇，用雪容饰点了你的盛装，静思，沉坐，四月的酒还在唇边散发着浓香，春天鲜艳的颜色伸延在岁月的路径。犹忆那一杯茶，碧绿，清漾，浅淡合宜。素手挽袖，一盏茶便浓缩了整个江南。

孤衾伴枕，在半梦半醒之间去想象一片天蓝与高远。布达拉的寺外有梅一朵，在雪落缤纷的时候暗香依然。素雪如笺，谁用唇色的明艳暖了雪域的寒！轮回过，尘容难改，一条天路自此无畏。低语呢喃便是诵经的真言，红尘外触摸你柔柔的指尖，归程的心，不误雪落。

牵扯的祈愿太多，送走这个秋临风沐雪，只为捧接青稞酒一盏。喜马拉雅山的雪影携如月的清辉，了旧时夙愿！

我来了，请你走进我今夜的梦境，雪颜含笑，唇角的笑意是我跋涉的停靠，一句问候便是独宿无眠的心暖。在你冬的故事里屡屡纠缠，你知道我想见的惊喜，一片落叶从此成全一个轮回的完整。秋已褪色，只是为了冬的完美，思念沉积步履的坚定，把信念整肃。十月赶上那场初雪，化在眉间的柔润像极了三月的那场雨的绵绵，用雪的肆意，给秋天的离殇补妆。

梦里，我看到了不会伤春的雪和落叶一般纷纷扬扬，似暖被覆盖在薄凉的夜。笑意纵容地铺展在缥缈的天涯，一如后来相逢后的表情！

第十一章

那年，那月光

我一直希望你来，伴着月色走在乡愁的路上……

月缺渐圆时收到了远方的信息，又是一年中秋来临，思亲的氛围似乎更重了些，一直在异乡和故乡的路上折返，每一个佳节都是一个人沉甸甸的缄默。远离那些喧嚣的节日，似乎春节和中秋这两大节日成了一种嫉妒的隐恨。你从来不在意也不会相信我的敏锐，总是用淡淡的表情来说一声我的一些痛觉只是敏感。思乡的情绪流露言表，只是月圆时那一块月饼被生生地咬成了缺月，在异乡的月下咽下所有的情绪。

对影成三人，李白的雅趣只是诗词里的豪爽和对现实的不甘，而我那杯酒后的酣醉是盼归的心绪太焦灼，更害怕时间里最初的懂得会变成忽略后的不耐烦。每个假期写着一些自己都看不懂的心情偷偷地放在日记里，一直漂泊的身体竟然在瞬间失去了挣扎的力气。十几年的奔波有太多的压力让人已经淡忘了团圆的迫切，只有你的电话问着归来的日期。

君问归期未有期，我的信息都留给了巴山夜雨。

距离中隔绝温情只是酒后可以触摸的梦境，从上弦月到月圆的时候，有些疼痛竟然也受了地球的引力，烦躁和不安反复交缠，只有电波里传递的思念断断续续。我缅怀不曾离开的日子里那太多的温暖，就一直把探亲时的假期看成每一个节日。每逢佳节倍思亲，家在心中，所有的团聚都成为节日的喜庆。

时间久了，开始习惯一些不能习惯的东西，这里包括亲情和恩情，却逐渐和爱情无关。少年时倔强的孑然离家，一个人在陌生的城市有多少惶恐的无措，如今几十年过去了，相似的场面竟然又重新到来。父母老了，开始一直念叨他们曾经不在意的点滴，甚至哪一天能到家的时间都问得真真切切。我知道一些缺憾是他们年迈时无法言喻的痛，很想那个相牵相伴的人在这个中秋翩然归来，让我行囊里的家不再流离失所。

很多心情在月圆之前终于明了，有些俗事真的无法强求，我信赖着誓言里的真可以抵御所有的坎坷，也相信多年后我们的一切依然如故。亲情总是胜过一切的，如果无法超越世间的藩篱，颜苍身未老后的发如雪，是不是忆秦娥里的一句音尘绝。

柿子红了，桂子落尽，远方亦落雪，当一年收尾之前秋天来打前哨，有眉弯里的新月照亮天涯的孤窗。也许，母亲踉跄的身影还在我归来的路口相望，烟波渺渺的夕阳下，还有一束晚霞的流光照我少年模样。

一个人的月色两个人的身影，捕捉的虚无摇摇晃晃。在时光的秋千上荡起的欢笑扯动月色的朦胧，清辉弄影的脚步在起落间跌跌撞撞。这月色划破的寂静照亮的是家的小屋吗？天南地北飘荡的灵魂着附在故乡的月色，苍茫云海间的长风万里，多少佳期不堪盈手赠。

那年的月色依旧朦胧，那年的你在边秋鸿雁的传书里唱着海上明月共潮生。悲欢离合只是一首弹不完的曲调，我在一首诗里寻找一枚写上乡愁的邮票……时间可以颠覆所有，夏天的色彩被秋风褪色，四季就这样过了一半，年轻的时候没什么怕失去的，人到中年后却开始害怕一种失去。闭上眼，回忆很近，睁开眼，一切却又很远,远在无处触摸的天涯。顺手写下的情节在生活里演绎,生命的苦酿尘封在时间的角落,翻遍青春过往的点滴,才明白内心的豪情很难被现实抹杀。

那天偶尔翻起一本日记,一枚书签飘落,题写的感言幼稚可笑,关于爱情的梦幻在现实中格格不入,垒砌的城堡像海边的沙雕,在一场雨到来后瞬间分崩离析。浪花打湿了记忆的一角,我只能在日记里听涛,七月的阳光像金子一样洒在沙滩,九月的天幕下,思绪扩展成那片无尽的蔚蓝。

季节分不出先后,人生不论年长年幼,即使八月离开,一个季节就是一个长久的人生。身边往来的人会在回首时驻足,生命里的单纯被无情的现实提醒,一片葱绿被秋分啃噬。

山道弯弯,走在西山低首捡拾的枫叶上用手中的温暖给落叶填色。忘记一些伤痛不是很难的事情,希望相逢一笑时熟悉的表情带着春天的快乐在心中烙下丰盈的情节。

你的立秋,我的处暑,被九月画上一个圆满的句号。

万山红遍,一滴清霜落下的露珠被阳光蒸发,回想去年十月在杭州一起走过断桥,有隐入荷塘的一双莲足款款。曲院风荷的回廊外那条木质的画舫上有了长发飘飘,十里荷塘,饱满的莲子随夏风中绽放的粉颜被苦霜绞杀后,梦想的果实沉入湖底,所有的心事就此沉寂。

月圆之夜，请容许我尘埃落定，当风中的瘦衣挥动秋天的离情，一朵前世捻过的莲开在心中，多少相思瓣随波逐流，任残缺的叶面落满一夜的霜白。

相牵的经脉在秋荷上延伸，细碎的星光偷窥不屈的灵魂，南方的秋凉掺杂零星的温暖，一抹红晕在余留的时光中捧起的笑容。有些沉默是窒息的，阁上的眸色如冰川的湖水，梦里相拥，还有呼吸的稀薄。收不拢中秋相关的记忆，就像时光打磨不掉夏花的灿烂，褪色的雕栏让誓言涂满重彩。在搁置的记忆里翻阅到某一个章节，我们忽然都想到离开昆明湖的那天：滴答的雨点打在秋蓉上，一支残荷叶立在水面。那场中秋月下，忧伤弃甲而逃，山色空濛，夏的思绪就此安藏。

在寒凉里寻暖，伸出的手给我十月的收获。你的笑虽然不再有青春的明媚，只用素手理顺我漂泊时清瘦的衣单。青颜少了水一样的温润，时间像无情的秋风，风干的岂止是少年的豪情。

还是用酒酬月吧，期望千里共婵娟，在白色的生宣上润开一轮明月，压角的印章是唯一的鲜红。或者在安居于故乡之后，你辛劳的手有一天会和外婆一样苍老，简单的生活平凡的世界溢出幸福的颜色，拥抱的江山有你的笑语连连。

在誓言里画押，秋阳落在相视的眉梢。思乡意的勾连千山万水，从立秋到中秋，红叶上蓄满的鲜艳相迎雏菊的盛放，一阵风，就送走了整个春夏。

第十二章
薄 秋 之 阳

说实话,一直是不喜欢把秋天写得轰轰烈烈,也不想把它写得惨惨戚戚。秋就是秋,无论是早秋还是晚秋,都没有文人笔下写得那么好或者那么伤感。秋天是收获,是冬夏传承的节点,在这个节点上,几十年的时光弹指一挥,有些回忆,不再是李清照的声声慢。

如果注定是漂泊,我一定背起那只草绿色的行囊,去走一条义无反顾的路。

一杯普洱,压抑不住内心的蠢蠢欲动,在这个黄昏,夜的大幕开始拉开，蜿蜒的街灯照在通往车站的路上、那条路已经清晰。所有的孤独和思乡的情结总是在每一个黑夜蔓延，枕边遗留的梦被凌晨唤醒，晨曦里的露珠反射黎明的光线，那一夜潮湿等待阳光的蒸发。

入秋时，总有乱叶离枝，却让傲然的枝杈上那些果实更加诱人，亮晶晶的晨露落在异乡的叶面，把一个永不褪色的承诺清洗得更加干净。当秋林染了斑斓的多姿，早晚的薄凉都不再重要，更何况是落寞时偶尔伤感。

秋水共长天一色，回乡很久了，一直想亲眼看看属于故乡这样的景色，走在湖边，近岸的莲蓬早早地成了孩子口中的零食，荷叶虽然有了憔悴的容，但是和远山近野以及庭院中的一些树木比起来还是有着夏天的生机。江南的秋和夏天总有些暧昧，纠缠不舍地似恋人挥别时的缠绵。当秋夏在季节的路口分道扬镳，一场秋雨潇歇后的雨霁天晴，芦苇深处隐藏的孤雁啪啦啦地惊动了整个湖面。碧水绽开的涟漪让眼前一亮，我仿佛看到远处破浪而来的小船上，那一季阳光燃烧在你含笑的眉睫。

那条船，从春天划来，在采莲声里靠岸。

上了船接过你递上的莲蓬，惊奇地发现这样的季节还有采集的荷花摆在船舱，手中捧起的果实早承应了收获的沉淀。初冬时，一片芦花如雪，秋的唇角上被西风吹裂的相思只能靠夏天取暖，时间随着岁月的河缓缓流在故乡的湖泊。我们都看惯了冬冷的无情，也忍受过四季的冷落，唯有这薄秋之阳在天涯相照。明艳的笑脸中定格了早秋时初识的诺言：每年九月，在西溪的某个草庐下，我们一起迎接这个秋天。

坐在岸边的亭子，你细心剥下的莲心在秋阳下慢慢蔫儿了，执意采撷的莲蓬是春夏赐予的果实，我们像个孩子一样不顾阳光炽烈在湖心摇着船去采摘莲蓬。那时候，所有的快乐让每位都回到了童年的时光，看你调皮地坐在湖心的木桥上用双脚搅动一个个漩涡，忧伤似乎离告别时的泪很远很远。假期结束后一旦离别成了现实，湖边采莲时的笑语已经被越过黄河的风席卷。

九月的湖边，大片大片的芦苇和荷叶还在相互呼应，只有不敌秋风的水草早早地弯下了腰。向一个目标行走，单薄的秋衣吸收着阳光的温度，一路走过的春夏秋冬有很多景象都已经收藏。

秋阳正好，它不再是酷夏里的无情，不冷不热的季节，那片烟色也不再是一个人的怀念。时光的长廊外一起携手，朱红色的亭阁留你躲避每一场秋雨，菊黄蟹肥时暖阳如瀑，蛰伏一个夏天的身影开始活跃起来。

三秋桂子，十里荷花，一切都和记忆中描述的一样，我不知道离开故乡这些年早已两鬓斑白，却不敢忘了倚栏相望时的采莲手，拨弄记忆中的雨霖铃。

夏秋没有疏离，这次湖边之行恰逢阳光正好，江南的湖泊和西山近在咫尺，那一楫轻摇的乌篷船上肆意的欢笑抵御了秋风的寒凉。在九月的天空下并肩前行，双手撕开季节的缝隙，寻找一条冬天突围的通道。

圈点着季节，细数轮回，那个季节你给我的笑还有少年采莲时的莞尔。烈阳似火，一片荷叶遮挡年少的羞涩，少年不识愁滋味，如今时间过去了20年，江南的春夏还有最好的同伴，趴在湖心亭紫色的栏杆上看荷塘月色，与春天相比，这样的景色难以争锋。

最后的心事成为秋色里的残荷，在没有完全绽放的时候就及早面临一场苦霜。最后的一点愿望留在故乡，一捧莲子心成为舌尖上苦尽甘来的回望，等待又一个季节的轮回。

在秋的尾声里离开故土，所有的山水空濛就此失色。

留恋在九月的情节中，到现在才懂得年少的青梅永远是酸涩的回忆，黑白的照片早已模糊，像山林的树叶开始泛黄。少年时的江山原来不是描画的那般美好，你的吴侬软语早已失去了童稚里的清脆。少年不识愁滋味的气壮山河和为赋新词强说愁时的词谱遗留在落尘的书架，当夕阳的余晖下拉长乡愁里的落寞，踏破三千红尘里的豪情，却在又一个中秋后的告别中含泪辞笑。

海上明月照天涯，天涯清辉落如雪。潜生的牵念成为中年时难以割舍的恋家情节，也许人一旦到了这个年龄，也会渐渐惧怕漂泊的滋味。去年初秋，曲院风荷外的九曲回廊还有一个身影穿插其间。西湖的秋雨和浩渺的烟波相呼应，萧山机场背着行囊的女子忘却了行走的路线，手机拨打着寻路的迫切。那次不辞辛劳来江南看我，成为今生永远铭记的感动，我不知道多年未出过远门的你是什么样的勇气敢给我那样的惊喜，江南的秋夜被一身天涯衣的覆盖，却不知道那个少年郎手捧秋风已廉颇老矣。

"转朱阁，低绮户，照无眠"，不应有恨么？眉眼里的印象在童年里失真，你娇嗔中却少了江南纯正的口音，原本归来就是圆满，却不知经年的沧桑早已改变了音容。我不敢揽笑，只有在早秋的山林慢步时忽略多年行走的孤单。相牵的信息都储存在各自的手机，或者在龙井山的一盏茶里偷窥少年的青葱笑语。

还记得那条悬铃木下弯曲的大道，包括断桥边被岁月掏空的一株老柳。伫立在西湖边，一双身影随波摇晃，而那一段失散的记忆是不是也被截断。那时候你对我说着很多未来的打算，却不料所有的影像成为多年后重逢的聚焦。

那天，秋阳正好，少年不识愁滋味里的强说愁随一盏清茶下咽，黄昏时，寂寞被笑声改写成悦耳的旋律，生命中拾取的点滴复制灵魂的呐喊，在相聚的日子里品味短暂的幸福。

第十三章

春色浓似酒,归期信如潮

"软风吹过窗纱,心期便隔天涯。从此伤春伤别,黄昏只对梨花"。我不知道这首词生成的时候春色是怎样的柔软,也想不到满地梨花不开门的黄昏下如何写成浅淡的相思。春意浓时,却被春寒停滞,所有的心事欲语还休。温暖被风吹得活跃起来,柳枝摇曳,青山勾勒细致而葱郁的线条。

那年春天行走的时候,江南还有一副清晰的笑脸,虽然时光轮回了几季,沧桑只是为赋新词的说笑。你目光如水,他犀利如刀,初识的胆怯让心中设防，而那时的你，早已经忽略了笑意中掩藏的咄咄逼人，一切如春意萌发。

再回首的日子，眉眼都生了皱纹，不说沧桑，青春也不再回头。所幸的是，走过的温暖可以消除一切苍凉，人生旅途总有一个休憩的驿站。三月天牵手牵衣的笑在一些景区触目时比比皆是。你行走在人海，将快乐挽在30度臂弯。

腻腻的风和日丽很像多年前亲密的称谓，如何回应相隔多年日月里陌生的呢喃？柳枝泛绿，柔软得如同揽怀的腰肢，因为风的顽劣，有迷眼的惊呼贴近呵怜的心痛。季节盗取了所有密码，重逢时，对视的表情多了老成持重。一直在柳岸徘徊，急促不安的还有春天的等待，春姑娘的心性嬉笑着缔约的夏，依靠半生唯一的温暖让希望在生命里扎根。这些情愫还在掌心蠢蠢欲动，催促不安分的手指写下季节的缠腻。陌上桑烟供养江南的富饶，一只只箩筐翻起的桑叶上、你喂养的春蚕啃噬了相思的脉络。

酝酿三月的来临，一场雪融化成梅红落尽时的杏花雨。春天持着娇宠，偶尔寒雨来袭总有破涕为笑时归来的叮咛，不负春风，就是一生同行的照应。那时候，新婚燕尔的幸福晾晒在亲人的目光中，青春无知的苦涩和内心抗拒的冷漠被时间淡化。我们都记得桃花雪上晶莹的纯洁，那些贴柔和栖身相近的冷暖，只有枝桠可以体味。

理顺了思绪，也遵循季节的轮替，一片嫩芽破土之前，寒冬凛冽时有人拂袖而去，有人相拥取暖。而她一直坐在那个冬天陪伴院中的老树，织着一匹匹彩色的绸缎，思乡情重时按捺不住的暴躁被团圆时的柔情所柔化，他所有的刚烈都在笑嗔点额后让三尺男儿成了绕指柔。

原来，情绪是无法标上淡定的标签，生活中的温顺只属于一个人的专利。生命中没有相同的树叶，自然就生成各自的秉性。每个人都有难以完美的一面，你若想改变对方的性格，只怕等你完全的改变那个人的时候，他已经不属于你。

田野的桑葚红了，落了，收拾好一个人的行囊，约好春天回来的日期，团圆的日子还有很多被春雨溅起的笑声，因为爱而包容，有些悲伤早就坠落在相拥的怀中。尽管告别的夜晚不胜酒力，元宵节后月落西天，一夜柔情供奉三月的柳绿桃红。

在春天出行，这一季有承欢的笑意在对视中盈盈，孩子给你绕膝的欢，也驱赶分离的寂寞。家总是温暖的归宿，牛郎织女的故事赚取的只是眼泪。秦失其鹿，天下共逐之，而我们，只追逐最后的幸福。

人生就是不断地等待，等到最后的，一定是你永远的春天。

在春天出行，各自的快乐都在春色里雀跃，抵春的心境敛藏四季冷暖，杜绝严冬时寒凉的入侵。门帷紧闭，拒绝离别的忧伤无孔不入，一场记忆摊于掌心，再一次将回忆置于文字，守候的快乐，开始入春。

第十四章
柳绵吹欲碎,冷雨葬名花

"半世浮萍随逝水,一宵冷雨葬名花"。五月的风撕撕扯扯,行走的人摇摇晃晃,丝丝缕缕间,掩不住春光。一阕悼词是红楼里的花冢,天若妒红颜,山花怎解冷。人生如浮萍逐水,飘零意,都是春秋。

冷水葬花时,是春,还是冬,我不知道冬春并行时的冷热凄苦,是雪藏花,还是春花雨?梅雪相依的衬映欲说一场雨雪的同谋,太多相见的理由只能留给春天,让一首词空惹了蹉跎的岁月。无法苛求,也无法避免,只有风用猎猎暖意脱离严寒的围杀,元宵烟花散尽,阳光下的霜露如眸晶莹,告别时,在一滴思乡曲中让乡愁盈盈欲滴。

那株柳和身影一起摇晃在相望的痴情中,深植的意念在冷土下挣扎,把生命许给春天,用一首葬花词改写思念的散句。或者,有些生命在离开的那一刻,爱的精魂如冬春零散的细雨浸透忧伤的纸页。一首清冷的词在寒灯下着墨时,时间的宽大只是多了思念的余地。

思念依附在三月的柳枝开始吐翠,髻发盘起的清面素颜在今夜的烛光下呈现,入梦的表情被惊醒时语无伦次,窗外浅浅的雪落只让春风作了旁观。多少年了,无论是美丽和苍老都不再重要,只有相迎的欢悦在灯影下扑空,日有所思夜有所梦,你的身影占据离别的空间。

梦醒时你转身而去,烛花摇影,肩上还有梦里为我披上的青衣。许下轮回的暖意写在空妄的词中,一夜春风下的苍容依然还有初见时一季的红颜轻软。倚窗低首的环抱轻嗅发间的冷香,娉婷的背影是记忆中不见臃肿的欣笑。你是我生命中不老的欢颜,最后一次告别的声音都唤醒黎明,只是我不知道,这个浅醉无眠的夜,你有没有多年前的心有灵犀。

半世浮萍，一宵冷雨滴落了空气里的热烈，在春天接壤的季节边缘，我永远依偎着分离的笑。尽管狼毫的笔锋在踱步时僵硬，生离之间，思念怎会褪色。

黛玉葬的是花，写的是词，梦中的苦苦挽留是她拔下玉簪时的执手含笑。发瞬间抖落下来遮住沧桑的额头，如瀑布的悬挂遮了含羞的眉黛。

而我们呢？春宵良辰，熟烂于心的细节无数次在梦里成真，只是我在无数不能触摸的温暖里，等到春雨打枝的梅园外有一个踢踏的脚步声缓缓而来。涂抹掉一些忧伤的字眼，目光追寻你来的方向，就看到了春的希望。

晨梦易醒，离去时的泪还在枕巾留存，一场雨的清新剥落记忆的封藏。桃花开时，一次次告别后的憔悴等到你亲临的抚慰，在欺身的呵怜时，一滴喜泪落在颈间。春息葳蕤了万物，所有的等待都已经值得，畅快淋漓地行走在三月江南，桃花坞上重整的旧妆不再是梦里的痴妄。词里梦外，都有一袭锦衾围暖，你走进异乡的梦中，只是不忍我四季孤单的承受。

对视的夜烛下炮竹在炸响，瞳孔中折射的不再是空洞的书房，你递茶递暖，一切都不再是梦里的空洞，举杯畅饮时的意气风发，只为这个春夜的风劫持了你的身形。重整的时光里，唯有泼墨的春意渲染这一世相守的彩妆。

阳光渐渐透过窗帘，不问画眉深浅入时无，单薄的身影还有梳理长发时的回首浅笑。昨夜梦中的灯下罗衫深深入梦，相爱的真实和炊烟袅袅升起，描眉的手，敲打出锅碗瓢勺交响乐。

不久后，江南依旧照天涯，春风挑帘，深植心底的梦会再次成真，思念里的风调雨顺就是诗词里重逢的立意，我把那些词里的伤感改写成轮回后的灯前把盏，应顺季节流转后的白首相聚。

第十五章

茶　杯

　　这只茶杯陪我很多年了，从单位辞职到现在也没有舍得扔掉，捧在手里厚实温润，不仅心里踏实，还没有烫手的感觉。曾经在旅途中几次掉在地上没有碎，是什么原因我不知道，只是后来家人和我说，那是一只钢化玻璃杯。

　　品茶是每日的必修课，就像每天开机必须点开你的博客一样，有些茶道我不懂，却懂得茶如人生。洗茶是必经的流程，也因为工作的关系总是喜欢在一杯茶冲泡好之后把眼睛贴在杯口去熏蒸模糊的眼睛。茶可以静心明目，也可以祛火，而看着细小的叶片在开水冲泡后的张力，更让人感觉无论是在什么时候饮茶，春天永远在手心。

  第一次体会茶道是在杭州，因为业务的关系就一直停留在西子湖畔，从历史到近代，战鼓的号角和隔江犹唱的后庭花依然会在耳边若隐若现。那天在客户的陪同下第一次去西溪，草庐泥路和碧水莲花在视觉中形成两个巨大的落差，这个爱情之都流传的故事都在客户的笑谈中轻描淡写，而看他熟悉的摆放茶具和洗杯沏茶的手法却更让人滋生一种自在和安静。生意谈完后，有些思想上的碰撞却一拍即合，从那以后彼此的真诚也让我在浙江站住了脚。

  其实苏浙一步之遥，文化和历史的厚重与关联让吴越之间更有了相同之处，宜兴的紫砂是饮茶的必备品，到后来我离开之前杭州的客户还是执意地送了一套宜兴的茶具。那只茶杯很笨重，我知道价值不菲的黄花梨还是不能承受的贵重，所以婉言拒绝。直到几年后再次去杭州西溪的茶楼，曾经的怀念也让我无法拒绝原来生意伙伴相约的热情，那天和家人一起在古雅的茶楼听着音乐品着龙井，缥缈的水雾在眼中氤氲开来，弥漫着香气，也弥漫着人生。

  谈起西溪，也说起南宋相关的历史和后世的遗憾，桑烟已过，红尘如故，只是物是人非后许多往事却欲语还休。

再去西溪是四月，茶室内很安静，只有渔舟唱晚的旋律在缭绕，窃窃私语时的轻松自如偶尔被回忆沉重，只是淡然间也能笑看风云。服务员挑帘添茶时我们才发现已经是夕阳西沉。起身出了这家茶楼登上了一条小小的舟，忽然想起李清照的舴艋舟上遗落的离愁，终于理解国破家亡后，她漂泊的江南在晨起的慵懒中也只能问一声：是否海棠依旧？

知否知否？人生谁能知否？岳飞仰天长啸也未能踏破贺兰山缺，八百多年后的今天当我再次重温记忆回望历史，也只能在一个传说中去感受杭城赐予的一切。断桥永远不会断，而生命的长桥上留下无数的相送，往来之间的匆匆回首黯然神伤，也明白你的知己你的亲人才是身边永远的陪伴。

沿着河汊小舟在蜿蜒的河道里漂流，船娘一语不发划动手中的桨，路过一片荷花时几只翠鸟凌空而起，也惊怵了不远处芦苇丛里的鹭鸟。记得非诚勿扰里拍摄的场景，西溪是杭州的心脏，而"留下镇"却只因为皇帝看到这片风景时的一句话而成名。"留下吧"，其实我也希望一切都能留下，只是不知道能留下的是历史还是未来。我的目光在穿越这段距离，却无法串起整个历史。钱塘自古繁华，吴宫芙蓉面也早烟消云散，只有三秋桂子环绕十万人家。走在江南烟雨中，吴酒一杯醉倒众生，生生世世的祈愿只留下最后一句询问：

早晚复重逢?

　　人生变数太多,只能把一生都装进一只透明的杯子,暖着手心,感受春天。或者回忆也是精神的丰足,跨越千百年间,生命的杯盏都注满回忆的芬芳。

第十六章
海　恋

雪小禅说：时间谋杀所有的东西，包括所有的真。

这句话的深度和力度一直在困扰着我，也不敢妄自揣测当时她写下这句话的深意是什么。如果时间真的可以谋杀所有的真，那么这世间的真情和真诚经得起时间的考验吗？岁月如大浪淘沙，世间种种又有几人可以断论。一个人只是尘世里微小的分子，即使生命中那些惊天动地的感情和无止无休的轮回蹂躏过我们的身心，经过时间的筛选后，握在手心的，一定是值得珍惜的。

从秦皇岛回来,很长时间都沉湎在七月的涛声中。迎风起舞的发、沙滩上捡起的沙、相视一笑后的抵眉婉转在北方天性生凉的海边,都是轻易获取的快乐。哼着《外婆的澎湖湾》,掬起的海水洒满阳光的晶莹,小小的细节一样包含着生命里简单的真。记忆一点一点地积累在旅程中,没有做作的刻意,却烙下深深的痕。

这就是生活,带着浓淡的烟火味,有意无意地抵在时光的背上。红尘有你,是"幸",也是"福",陌生世界的两个人,就是一个分开的词组,合成后,便是幸福了。

七月的风,有疏离,七月的海,有你而安静,因为心在,人就不会走远。远离尘世的喧嚣,流连在北方的海,夏日的燥热被生生地阻断。含眉低首,一些不快是手中的流沙,无须触摸便从指缝里悄悄地流失。沁凉的海风,遥远的涛声晃动着涌起的地平线,隐约的浪花推动着心的起伏……

曾经的思念如火焚心,温情也漫过无望的冷寂。当我们都换了角色去感受来之不易的今天,才知道生命和幸福的可贵。学会将记忆和过往重新打理,慢慢地整肃成无扰的心静。尽情享受生活的赋予,将旧时的落寞留在晚霞照容后的欢喜中,抛弃杂念,重新打理未来的日月。我不知道那时的落笔是否预示着一切的到来,包括中间太多的悲喜。渐渐地懂得时间的无情,孤执的忧伤被阳光风干后确定了人生另一种方向。归来去,往往就是简单的道理:我沉迷于"归",却忘了"去",难道生命的本质不就是如此吗?来也是归,归也是去,生命迟早也将终究归去,一切都回到原来的起点。但是你一定知道啊,如果我们可以忘记曾经的真,那么,也就应验了雪小禅的偈语。

你的歌吟是海浪拨弄的弦,有平和,也有高潮迭起的汹涌澎湃。生命的诺言在心底盘旋,即使分离也冲撞着心跳的不息。纵然时间谋杀的东西里包括某些真,也不惧曾经的曾经被残酷的现实厮杀成无果的结局。只想用这份真慢慢延续在走过的旅途,共退共进,打开心头那把羁绊的落锁。

去了角山,也去了孟姜女庙,一段哭倒的长城让谁感天动地?贞女祠的瓦檐下黑色的字体,又隐藏了多少眼泪浸透的斑驳,让传说也如此悲戚。只是你的笑容总是绽放在年轻的脸上,我曾奇怪为什么你的眸那样的闪亮,青春绕过你的沧桑,只是因为我们感受到七月那份火热的暖阳吗?或者,手指还停留在溢满发香的青丝里,让阳光布满你的唇和笑靥,一颗柔软的心承载着悠悠岁月,收放自如。

夕阳西去,边关的暮色多了另一种美。晚霞斜照在辽阔的海面,碧螺岛上的灯塔显得更加耀眼,乳白色的塔身和阑珊辉映,海水在瞬间变得波光闪闪。此时，我好想有一场雨给我留下的理由，哪怕是一个帐篷，也能撑起久久渴望的家。

你转身向服务区走去，心有灵犀的租个小小的帐篷，靠背而依，倾听着海浪的迭起。款款真言诗话呢喃的依凭，夜色相裹，所有的苦难已分崩离析，潮涌的时候，低眉相望，无声，也含笑。海面终于慢慢地平息下来，刚才还肆意汹涌的浪也无力地退去，被海水冲刷过的沙滩异常地平整。你迫不及待地走向那片海湾，温情停留在七月，青春只能留给记忆，再慢慢转换成可读的文字。我知道，那个七月会就此别过，脚下的沙滩只属于今生快乐的领地。

还记得那天捡起的贝壳吗？纵然后来在海边的小贩里买过更完美的海螺，你还是像个孩子一样小心地收放起精心筛选过的几枚，犹如那年在海南你小心捧着的珊瑚。你说那是七月的味道，时刻可以感觉海的温柔与彪悍，我知道你想留下什么，它也是海的女儿，在惊涛骇浪里纵然失去了生命，依然保留了生命的外形和内涵。

七月，冰凉的是海水，温暖的却是身心。我知道在后来的日子里我们没有了佳期，那些凌驾于生命之上的回忆被思念着附在指尖上永远不会丢失。那已经不是一个简单的爱，它包含着今生太多复杂的情愫，融化在骨子里，流淌在彼此共同的血脉中。

第十七章

在 水 之 湄

一条溪水从终南山上飞泻而下，七月，你涉水的足音在山谷响起，趟过一条红尘的河。

很久很久没有你的信息，从冬天一个再见的表情，你便消失在我的视线。那时候，你正经历生命中一场风雨的来临，其实我知道你一定把握真正的幸福，也明白幸福的所在就在你原来那个家的港湾里。相夫教子，把女人的天性，从此演绎得更加完美。

又是秋天，忽然看到你的邮件，里面感谢的话语竟让我忐忑。

无意相逢的有幸相识，却是你迷茫的夏日留言里，让我多了一份担忧。那时，我刚从外地回来，而你生活的惊变却是我所料不及。其实，我一直相信你会破解这个难题，生活中的坎坷对每个人都一样，只是用什么样的心态去面对。几个月后，你忽略了悲伤，自此从容。

邮件打开才发现是你一张张照片，那是秦岭的山水，在灵秀中你安然地穿行。山泉甘醇，清澈见底，笑脸洋溢着快乐的展眉、裙袂翩飞，生命就此张扬在这个季节。那是你么？一直担心你经历那样的苦难后是什么样的悲绝，只知道一个爱文字的女子，笔尖流泻的是生活的感悟，婉约的诗句中彰显一种生命的热爱。无意铭记相识的开始，只是在偶尔的交流中，分享你美丽的文字和生活里点滴的感悟……

点开相册，目光便被吸引，那是汉中别样风情的展现，茂密的山林，清澈的泉水从你脚下淙淙流淌。我似乎听见了山水的欢笑陪伴你飞扬的黑发，彰显出一种生命的活力，在大自然的怀抱里共相共融。

一张张点击照片，背景是嶙峋的山石耸立。一道瀑布飞流直下，在亿万年的山涧冲刷成蜿蜒的溪流。这时，我才知道，那相册的题名为何叫"在水之湄"。记得诗经有云：

蒹葭苍苍，白露为霜。所谓伊人，在水一方。

溯洄从之，道阻且长。溯游从之，宛在水中央。

蒹葭萋萋，白露未晞。所谓伊人，在水之湄。溯洄从之，道阻且跻。溯游从之，宛在水中坻。

……

那是《秦风》汉韵里流传的歌谣，那是一株彼岸的忘忧草，想象着，千年以前的水湄之上，一片芦花飞雪，伊人站立在秋水岸边，长发飘逸，裙袂翩跹，引得多少目光溯流而上……

看你多姿的身形徜徉在山溪，素手撩起水的灵意。如果，秦岭山中真的有蒹葭一片，我恍惚听到"在水一方"的歌谣犹在耳边唱起三千年。纵然意境凄凄，而你素雅的容颜，却已是长久不见后的波澜不惊。就那样沉醉在山水的怀抱，用目光的澄澈，给世人坦荡的从容。

岁月，是平淡的，生活也是平凡的相守，用秦风里的古韵，能缠绕的还是你真挚的情感。阳关外，黄沙遍野，秦岭山脉，是否有孤城一片，在静谧的山涧看时光的手卷起浪花如雪！

灵动的身影，纤姿宛如莲的亭立，随风跌落的叹息早留在泛黄的词卷。我只是祝愿，你身边的他，也如千年前秦风里那个爱你的男子一样的痴情。用最好的柔情把你呵怜，让快乐永远与你们同在，这是我最真的祈言。

细看着一组组照片，似乎山风已经吹散了夏的炽烈，否则，你的发为何高高地盘起，把高贵和自信在眉间隐现。唇角的微扬昭示你的幸福在这一刻遍布山野。仲夏，无霜，目光中快乐的水意溢满心河。欣慰着，你的坚持与不屈成就了自己的幸福，用责任和信念的舟，渡越了生命长河中泛起的波澜，到达了自己幸福的岸。

　　多年前，一直有人说：水是充满灵性的，而"女子若水"，"上善若水"就是它最好诠释。如水的女子总是把最柔软的一面展示给自己爱的人，而世间很多人却忽略了水滴石穿这个道理。珍爱自己身边的女子吧，给她幸福一生的不老承诺，不要用男子汉的阳刚去伤害那个爱你的女人。否则，在水之湄上唱着相同歌谣的那个男子，脸上一定挂满悔恨的泪。无论你顺流而下还是逆流而上，那个女子只会留下一个冷漠的背影，宛在水中沚……

　　看完了照片，目光依旧停留在一方山水之间，看你目光中没有矜持，却有淡淡的笑意留在眼角。你是在水一方的伊人，饱满的生命中洋溢非同一般的才情。或者，就是因为文字我们才在人海里相逢相识，这一种浅淡的友情，如潺潺的流水，永远保持着生命中永远的澄澈。无须朝朝说起，在与不在，来与不来，它都在这里，流淌成岁月中不息的欢歌！